惜诵

惜诵以致愍兮，发愤以杼情。
所非忠而言之兮，指苍天以为正。
令五帝以枏中兮，戒六神与向服。
俾山川以备御兮，命咎繇使听直。
竭忠诚以事君兮，反离群而赘肬。
忘儇媚以背众兮，待明君其知之。

注释

致：表达。

愍（mǐn闵）：忧愁。这句话的意思是说提起过去的事情我就感到忧伤。王逸《楚辞章句》分析说：「惜，贪也。诵，论也。致，至也。愍，病也。言己贪忠信之道，可以安君。论之于心，诵之于口，至于身以疲病，而不能忘。愍，一作闵」

愤：愤懑、惆怅。

杼：抒发、表达的意思。王逸《楚辞章句》分析说：「愤，懑也。杼，渫也。言己身虽疲病，犹发愤懑作此辞赋，陈列利害，渫己情思以讽谏君也。」

所：如果。

非忠：不真实。

言之：我讲的话。王逸《楚辞章句》分析说：「言己所陈忠信之道，先虑于心，合于仁义，乃敢为君言之也。」

正：同「证」，平的意思。王逸《楚辞章句》考辨说：「春曰苍天。正，平也。设君谓己作言非邪，愿上指苍天，使正平之也。夫天明察，无所阿私，惟德是辅，惟恶是去，故指之以为誓也。」

令：命令。这里是请的意思。

五帝：五方神。传说中的五方神是东方太皞、南方炎帝、西方少昊、北方颛顼、中央黄帝。王逸《楚辞章句》考辨说：「五帝，谓五方神也。东方为太皞，南方为炎帝，西方为少昊，北方为颛顼，中央为黄帝。」

枏中：枏同「析」，公平判断。王逸《楚辞章句》分析说：「言己复命五方之帝，分明言是与非也。」

戒：告诫。这里是请、要的意思。

六神：四方和上下之神。王逸《楚辞章句》考辨说：「六神，谓六宗之神也。《尚书》：禋于六宗。」洪兴祖《楚辞补注》指出：「《孔子丛》云：宰我问禋于六宗。孔子曰：所宗者六：埋少牢于太昭，祭时也；祖迎于坎坛，祭寒暑也；主于郊宫，祭日也；夜明，祭月也；幽荥，祭星也；雩荥，祭水旱也。禋于六宗，此之谓也。孔安国、王肃用此说。又一说云：六宗，星、辰、风伯、雨师、司中、司命。一云：乾坤六子。颜师古用此说。一云：天地四时。一云：天宗三，日、月、星辰；地宗三，太山、河、海。一云：六为地数，祭地也。一云：六气之宗，谓太极冲和之气。苏子由云：舍《祭法》不用，而以意立说，未可信也。」

向服：对质、澄清。向，对。服，事情。王逸《楚辞章句》分析说：「言己愿复令六宗之神，对听己言事可行与否也。」

俾（bǐ必）：使。

山川：这里指山川之神。

备御：陪侍。这里是陪审的意思。御，侍。

命：让。

咎繇（jiù yáo 就尧）：即皋陶，舜时的法官。

听直：听其讲清是非曲折。王逸《楚辞章句》分析说：「言己复愿令山川之神备列而处，使御知己志，又使圣人咎繇听我之言忠直与否也。夫神明照人心，圣人达人情，故屈原动以神圣自证明也。」

竭：尽。

群：众。

赘肬（zhuì yóu 坠由）：即赘疣，多余的肉瘤。这里用来比喻受到奸佞的排挤。王逸《楚辞章句》分析说：「赘肬，过也。言己竭尽忠信以事于君，若人之有赘肬之病，与众别异，以得罪谪也。」

忘：不愿。

儇（xuān 宣）媚：轻浮的意思。

背：违。王逸《楚辞章句》分析说：「言己修行正直，忘为佞媚之行，违背众人，言见憎恶也。」

明君：贤明之君。王逸《楚辞章句》分析说：「须贤明之君则知己之忠也。《书》曰：知人则哲。秦缪公举由余，齐桓公任管仲，知人之君也。」

言与行其可迹兮，情与貌其不变。

故相臣莫若君兮，所以证之不远。
吾谊先君而后身兮，羌众人之所仇。
专惟君而无他兮，又众兆之所仇也。
壹心而不豫兮，羌不可保也。
疾亲君而无他兮，有招祸之道也。

注释

可迹：可以考察。迹，痕迹。王逸《楚辞章句》分析说：「出口为言，所履为迹。」

不变：指表里如一。王逸《楚辞章句》分析说：「志愿为情，颜色为貌。变，易也。言己吐口陈辞，言与行合，诚可循迹，情貌相副，内外若一，终不变易也。」

相臣：了解臣。相，看、观察的意思。王逸《楚辞章句》分析说：「言相视臣下，忠之与佞，在君知之明也。」

证之：证明它的方法。证，验证的意思。

不远：指很容易得到证实。王逸《楚辞章句》分析说：「言君相臣动作应对，察言观行，则知其善恶，所证验之迹，近取诸身而不远也。」

谊：同「义」，原则、义务的意思。

身：己。王逸《楚辞章句》分析说：「言我所以修执忠信仁义者，诚欲先安君父，然后乃及于身也。夫君安则己安，君危则己危也。」

羌：发语助词。王逸《楚辞章句》分析说：「羌，然辞也。怨耦曰仇。言在位之臣，营私为家，己独先君而后身，其义相反，故为众人所仇怨。」

专惟：专为。惟，思。

众兆：众人。兆，众。

仇：结怨。王逸《楚辞章句》分析说：「百万为兆，交怨曰仇。言己专心思欲竭忠情以安于君，无有他志，不与众同趋，故为众所怨仇，欲杀己也。」

不豫：不犹豫。

不可保：不能自保。保，知。王逸《楚辞章句》分析说：「言己专壹忠信以事于君，虽为众人所恶，志不犹豫，顾君心不可保知，易倾移也。」朱熹《楚辞集注》认为：「不可保，言君若不察，则必为众人所害也。」

疾：急切。

有：这却是。

招：召的意思。王逸《楚辞章句》分析说：「言己疾恶逸佞欲亲近君侧，众人悉欲来害己，有招祸之道，将遇咎也。」

思君其莫我忠兮，忽忘身之贱贫。

事君而不贰兮，迷不知宠之门。

忠何罪以遇罚兮，亦非余心之所志。

行不群以巅越兮，又众兆之所咍。

纷逢尤以离谤兮，謇不可释。

情沈抑而不达兮，又蔽而莫之白。

心郁邑余侘傺兮，又莫察余之中情。

固烦言不可结诒兮，愿陈志而无路。

退静默而莫余知兮，进号呼又莫吾闻。

申侘傺之烦惑兮，中闷瞀之忳忳。

注释

莫我忠：不像我忠信。王逸《楚辞章句》分析说：「言众人思君皆欲自利，无若己欲尽忠信之节。」

忽忘：完全忘记。

贱贫：屈原为屈瑕之后，虽出身贵族，但非嫡支。屈原所说自身贫贱是相对与楚王更亲近的贵族而言。王逸《楚辞章句》分析说：「言己忧国念君，忽忘身之贱贫，犹愿自竭。」

不贰：没有二心。

迷：惑。

知宠：邀宠。以上两句是说，我诚心待君，从无邀宠之意。王逸《楚辞章句》分析说：「言己事君竭尽信诚，无有二心，而不见用，意中迷惑，不知得遇宠之门户，当何由之也。」

遇罚：遭到惩罚。

所志：所意料到的事情。王逸《楚辞章句》分析说：「言己履行忠直，无有罪过，而遇放逐，亦非我本心宿志所望于君也。一本此句末与下文皆有也字。」

巅越：跌跤。

所咍（hāi 嗨）：所嗤笑。咍，嗤笑，楚地方言。王逸《楚辞章句》分析说：「楚人谓相嗍笑曰咍。言己行度不合于俗，身以巅堕，又为人之所笑也。或曰众兆之所异，言己被放而巅越者，行与众殊异也。」

纷：多，经常。

逢、离：都是遭到的意思。

尤：怨恨。

謇：口吃，这里指有口难辩。闻一多《楚辞校补》曰「謇与蹇产通，犹蹇产也。」

释：解。王逸《楚辞章句》分析说：「言己逢遇乱君而被罪过，终不可复解释而说也。」

情沈抑：心情沉闷抑郁。沈，同「沉」，没。抑，按。

不达：不能抒发。

蔽：遮蔽，这里指思想压抑。

莫之白：言辞难以表白。王逸《楚辞章句》分析说：「言己怀忠贞之情，沈没胸臆，不得白达，左右壅蔽，无肯白达己心也。」

邑：通「悒」，忧郁不乐的样子。

侘傺（chà chì 差赤）：失意的样子。楚地方言。王逸《楚辞章句》分析说：「楚人谓失志怅然住立为侘傺也。」

中情：内心。王逸《楚辞章句》分析说：「言己怀忠不达，心中郁邑，惆怅住立，失我本志，曾无有察我之中情也。」

朱熹《楚辞集注》认为：「中情以韵叶之，当作善恶，而恶字又当去声读。」

烦言：太多的话。

结：古人托人捎信，是把话写在竹帛上，用绳子系好，头上打个结。结，相当于书信的封口。朱熹《楚辞集注》认为：「疑古者以言寄意于人，必以物结而致之，如结绳之为也。」

诒：同「贻」，赠送的意思。本句的意思是说，要讲的话很多，很难用文字来表达。王逸《楚辞章句》分析说：「《诗》曰，诒我德音也。」

愿：想，想找君王的意思。

无路：没有门路。王逸《楚辞章句》分析说：「言己积思累日，其言烦多，不可结续以遗于君，欲见君陈己志，又无道路也。」

莫余知：即「莫知余」，没有人理解我。

莫吾闻：没有人会听我的。王逸《楚辞章句》分析说：「言己放弃，所在幽远，众无知己之情也。」

申：重，再。本句的意思是说我真感到心烦意乱困惑不解。王逸《楚辞章句》分析说：「言众人无知己之情，思念惑乱，故重侘傺，怅然失意也。」

中：心中。

闷瞀（mào 貌）：闷乱。

忳忳：烦闷的样子。本句的意思是说十分忧伤痛苦。王逸《楚辞章句》分析说：「言己忧心烦闷，忳忳然无所舒也。」

昔余梦登天兮，魂中道而无杭。
吾使厉神占之兮，曰有志极而无旁。
终危独以离异兮，曰君可思而不可恃。
故众口其铄金兮，初若是而逢殆。
惩于羹者而吹齑兮，何不变此志也？
欲释阶而登天兮，犹有曩之态也。
众骇遽以离心兮，又何以为此伴也？
同极而异路兮，又何以为此援也？
晋申生之孝子兮，父信谗而不好。
行婞直而不豫兮，鲧功用而不就。

注释

昔余：过去我。

魂中道：魂到途中。

杭：同「航」，渡船。王逸《楚辞章句》考辨说：「杭，度也。《诗》曰：一苇杭之。」洪兴祖《楚辞补注》指出：「杭与航同。许慎曰：方，两小船并，与共济为航。」闻一多《楚辞校补》谓：「无杭作亡杭，叠韵连语，即茫沆，魂

气浮动貌也。」

厉神：附在占卜师身上的神。

占之：占卜梦的吉凶。

志极：志向远大。极，远大。

旁：辅助。王逸《楚辞章句》分析说：「言厉神为屈原占之曰：人梦登天无以渡，犹欲事君无其路也。俣有劳极心志，终无辅佐。」

危独：危险孤独。

离异：指被疏远。王逸《楚辞章句》分析说：「言己行忠直，身终危殆，与众人异行之故也。」

不可恃：靠不住。恃，依赖。王逸《楚辞章句》分析说：「言君诚可思念，为竭忠谋，顾不可怙恃，能实任己与不也。」

铄（shuò 硕）：熔化的意思。王逸《楚辞章句》分析说：「言众口所论，万人所言，金性坚刚，尚为销铄。以喻谗言多使君乱惑也。」

初：从前。

逢殆：遇到危险。殆，危。王逸《楚辞章句》分析说：「言己志行忠信正直，性若金石，故为谗人所危殆。」

惩于羹：被热汤烫过的人。

齑（jī 击）：凉拌菜。

变此志：改变这个志向。王逸《楚辞章句》分析说：「何不改此忠直之节，随俗吹齑之志也。」

释阶：丢掉梯子。释，丢。

登：上。王逸《楚辞章句》分析说：『人欲上天而释其阶，知其无由登也。以言我欲事君，而释忠信，亦知终无以自通也。』

曩（nǎng 囊）：以往、从前的意思。王逸《楚辞章句》分析说：『言欲使己变节而从俗，犹向者欲释阶登天之态也，言己所不能履行也。』

骇遽：惊慌。这两句诗的意思是说大家一见你的行为而怕与你接近，又怎能与你合作。

伴：侣。王逸《楚辞章句》分析说：『言己见众人易移，意中惊骇，遂离己心，独行忠直，身无伴侣，特立于世也。』

同极：同一目的，指共同事君。极，目的。

异路：走不同的路。路，道。

为此援：他们怎么会支持你呢？王逸《楚辞章句》分析说：『言众人同欲极志事君，顾忠佞之行，异道而殊趋也。援，引也。言忠佞之志不相援引而同也。』

晋申生：春秋时晋献公的儿子，献公轻信丽姬的谗言而把他逼死。

好：爱。王逸《楚辞章句》分析说：『申生，晋献公太子也。体性慈孝，献公娶后妻丽姬，生子奚齐，立为太子。因误申生使祭其母于曲沃，归胙于献公。丽姬于酒肉置鸩其中，因言曰：胙从外来，不可信。乃以酒赐小臣，以肉食犬，皆毙。姬乃泣曰：贼由太子。于是申生遂自杀。故曰父信谗而不受也。』

婞（xìng 姓）直：倔强固执。

不豫：不犹豫，办事果断。

鲧：尧臣。

功用：功业。

不就：不成。以上两句的意思是说，鲧因性格过于耿直，治水功业不成，结果被舜所杀。王逸《楚辞章句》分析说：『言鲧行婞很劲直，恣心自用，不知厌足，故殛之羽山，治水之功以不成也。屈原履行忠直，终不回曲，犹鲧婞很，终获罪罚。』

吾闻作忠以造怨兮，忽谓之过言。

九折臂而成医兮，吾至今而知其信然。

矰弋机而在上兮，罻罗张而在下。

设张辟以娱君兮，愿侧身而无所。

欲儃佪以干傺兮，恐重患而离尤。

欲高飞而远集兮，君罔谓女何之？

欲横奔而失路兮，坚志而不忍。

背膺牉以交痛兮，心郁结而纡轸。

捣木兰以矫蕙兮，糳申椒以为粮。

播江离与滋菊兮，愿春日以为糗芳。
恐情质之不信兮，故重著以自明。
矫兹媚以私处兮，愿曾思而远身。

注释

忽：忽略、不在意的意思。

过言：言过其实。王逸《楚辞章句》分析说：「始吾闻为君建立忠策，必为群佞所怨，忽过之耳，以为不然，今而后信。」

其信然：这是真理。王逸《楚辞章句》分析说：「言人九折臂，更历方药，则成良医，乃自知其病。吾被放弃，乃信知逸佞为忠直之害也。」

矰弋（zēng yì 赠意）：都是带丝绳的箭。矰，射矢。弋，射。

机：捕鸟的工具。这里作动词，发动的意思。

在上：上面。《论语》说：「弋不射宿。」

罻（wèi 谓）罗：均指捕鸟的网。王逸《楚辞章句》分析说：「言上有罥缴弋射之机，下有张施罻罗之网，飞鸟走兽，动而遇害。喻君法繁多，百姓触动刑罚也。」

辟：指捕鸟的工具。本句的意思是说，设置弓矢罗网以娱乐君王。比喻奸佞进谗言讨好君王。

娱：乐。

愿：想。

侧身：避祸。

无所：没有适当的地方。王逸《楚辞章句》分析说：「言君法繁多，谗人复更设张峻法，以娱乐君，己欲侧身窜首，无所藏匿也。」

儃佪（chán huí 缠回）：徘徊，这里是忍让等待的意思。王逸《楚辞章句》分析说：「言己意欲低儃留待于君，求其善意，恐终不用，怅然立伫。」

干傺：干，求；傺，欲。寻求机会进取。朱熹《楚辞集注》认为：「谓求往也。」

离忧：遭受祸殃。忧，过。王逸《楚辞章句》分析说：「言己欲求君之善意，恐重得患祸，逢罪过也。」

远集：远走。

罔：蒙蔽。这里是背叛的意思。本句的意思是说国君将责问我为什么背叛他。王逸《楚辞章句》分析说：「言己欲远集它国，君又诬罔我，言汝远去何之乎？」

横奔：乱跑。

失路：不择正道。本句的意思是说意欲变节易操。王逸《楚辞章句》分析说：「言己意欲变节易操，横行失道，而从佞伪，心坚于石，而不忍为也。」

膺：胸。

胖（pán 盘）：裂开。

郁结：心思郁闷，如有结之难解。汪瑗《楚辞集解》指出：「郁如草之屯而不舒也，结如绳之束而不解也。」

纡轸（yū zhěn 芋真）：绞痛难当。纡，弯曲，这里是绞的意思。轸，悲痛的意思。王逸《楚辞章句》分析说：「言己不忍变心易行，则忧思郁结，胸背分裂，心中交引而隐痛也。」

擣：即「捣」。

矫：揉。

糳（zuò做）：通「凿」，舂也。

申：重。王逸《楚辞章句》分析说：「言己虽被放逐，而弃居山泽，犹重凿兰蕙，和糅众芳以为粮，食饮有节，修善不倦也。」

播：种。《诗》曰：「播厥百谷。」

糗芳：芳香的干粮。糗，干粮。王逸《楚辞章句》分析说：「言己乃种江离，莳香菊，采之为粮，以供春日之食也。」

情质：内心真情。情，志。质，性。

不信：表白不清。

重著：一再叙述。著，述。王逸《楚辞章句》分析说：「言我修善不懈，恐君不深照己之情，故复重深陈，饮食清洁，以自著明也。」

矫兹媚：我将保持这些美德。矫，矫情、爱惜。媚，美好。

曾思：反复考虑、深思熟虑的意思。曾，增也。

远身：远离世俗、远离是非的意思。王逸《楚辞章句》分析说：「言己举此众善，可以事君，则愿私居远处，唯重思而察之。」闻一多《楚辞校补》谓此「二句当互易」，《涉江》「世溷浊而莫余知兮，余方高驰而不顾」二句原在此二句下，处与顾为韵。

译文

以追述过去的事情来表达内心的忧烦啊，
倾吐内心的忧愤之情。
如果我说的话不是出于忠诚，
我愿指青天为我作证。
还要请五方的天帝来做出公正评判，
邀六神与我对质言明。
最好让山神河神也来陪审，
让公正的皋陶把事实辨明。
我竭尽忠诚来为君王做事，
反而遭到排挤被人视为异物。
不屑谗媚违背小人啊，
只有贤明的君主才知道我的忠诚。
我的言谈举止都可以考察啊，
我的内心和外表都不会变更。
没有人比君王更了解臣下啊，

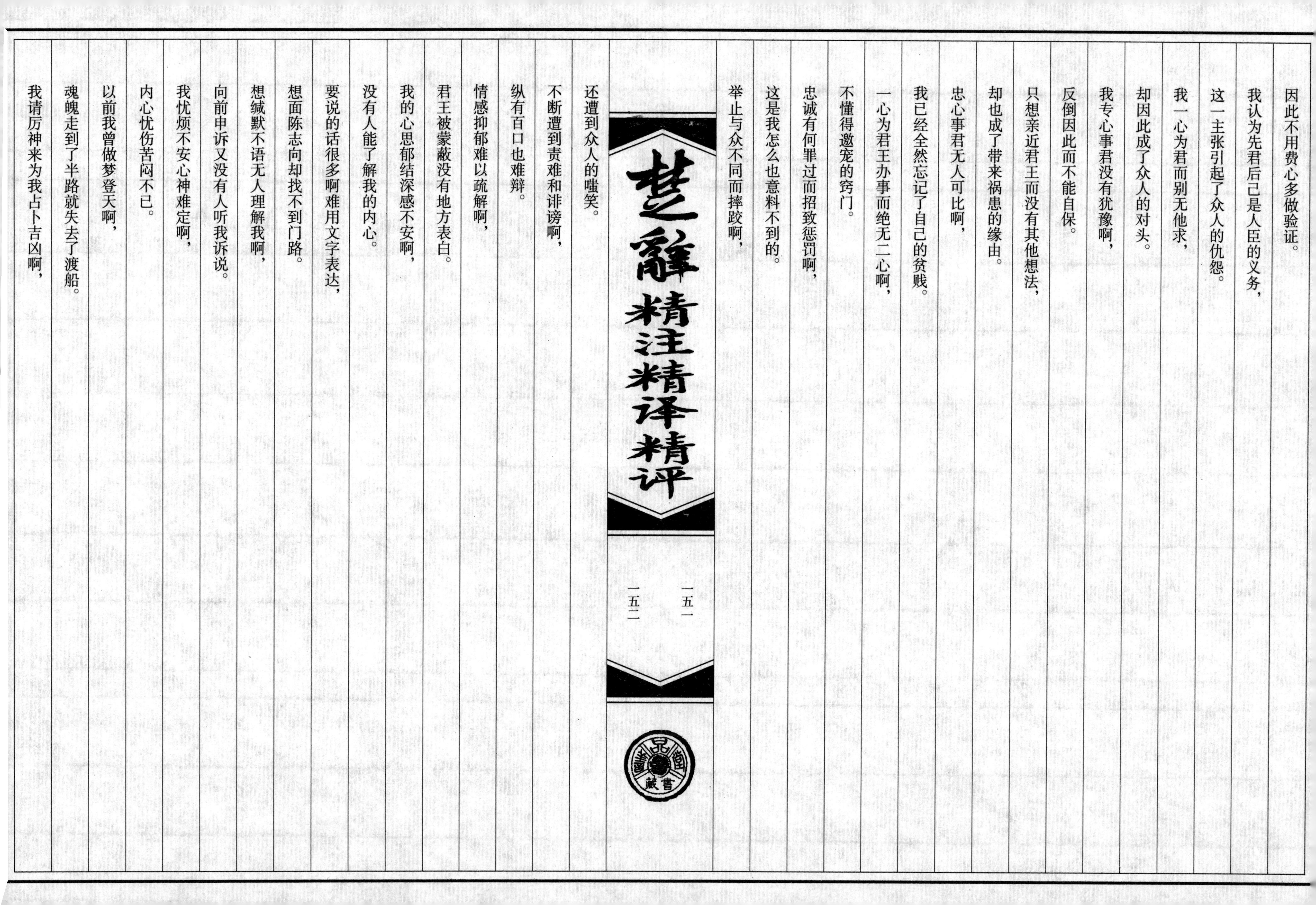

因此不用费心多做验证。
我认为先君后己是人臣的义务，
这一主张引起了众人的仇怨。
我一心为君而别无他求，
却因此成了众人的对头。
我专心事君没有犹豫啊，
反倒因此而不能自保。
只想亲近君王而没有其他想法，
却也成了带来祸患的缘由。
忠心事君无人可比啊，
我已经全然忘记了自己的贫贱。
一心为君王办事而绝无二心啊，
不懂得邀宠的窍门。
忠诚有何罪过而招致惩罚啊，
这是我怎么也意料不到的。
举止与众不同而摔跤啊，

还遭到众人的嗤笑。
不断遭到责难和诽谤啊，
纵有百口也难辩。
情感抑郁难以疏解啊，
君王被蒙蔽没有地方表白。
我的心思郁结深感不安啊，
没有人能了解我的内心。
要说的话很多啊难用文字表达，
想面陈志向却找不到门路。
想缄默不语无人理解我啊，
向前申诉又没有人听我诉说。
我忧烦不安心神难定啊，
内心忧伤苦闷不已。
以前我曾做梦登天啊，
魂魄走到了半路就失去了渡船。
我请厉神来为我占卜吉凶啊，

他说：我志向远大而没人帮助。
难道我会一直这样孤独遭到排挤？
他说：君王可以思念却靠不住。
众口一词足以混淆是非啊，
你之前就是这样而遭到祸殃。
热汤烫过的东西也可以凉拌啊，
你为何不能改变一下自己的志向。
你想不要梯子而上天啊，
你还是以前那副模样。
众人害怕而不与你同心啊，
他们怎么会视你为同伴。
同侍一君而路数不同啊，
他们怎么会给你支援。
晋献公的太子申生是个孝子啊，
他的父亲却听信谗言而不喜欢他。
鲧的行为耿直而不知变通啊，
治水大业最终没有完成。

我曾听说忠诚会招来怨恨啊，
但认为此话言过其实没有当回事。
久病成良医啊，
我现在才明白真的是这样。
这个世道险恶弓箭暗藏啊，
到处有人张网等你上钩。
布置弓箭罗网来讨好君王啊，
我想避祸却找不到藏身之处。
想隐忍以等待机会反击吧，
又怕再一次遭到祸殃。
想远走高飞远离这是非之地吧，
又怕君王误以为我要叛离家邦。
去变节从俗吧，
我志向坚定不忍心这样。
我的胸背像开裂一样疼痛啊，

春好申椒作为自己的食粮。
我栽种江离啊浇灌菊花，
希望到春天能收获作为干粮。
唯恐自己的内心不被理解啊。
我一再申明自己的志向。
与这些香草为伴我独自相处啊，
我深思熟虑想让自己远离是非。

评点

《惜诵》是《九章》中的一篇。《九章》是后人为屈原编辑的一本诗歌小集，它收录了屈原的九篇作品。《九章》的写作背景基本相同。王逸《楚辞章句》考辨说：『屈原放于江南之野，思君念国，忧心罔极，故复作九章』。九章各篇的思想内容、表现手法，以及语言风格，也大体一致。每篇都是通过实地实事的描写和叙述，对胸臆坦诚直率的抒发，表现了诗人忧国忧民的墙捏爱国主义精神。惜，贪也。诵，论也。惜诵，追述、称颂过去的事情。戴震《屈原赋注》认为：『诵者，言前事之称。惜诵，悼惜而诵言之也。』作者说自己忠信事君，可质于天地神明，但谗佞所蔽，进退为难，经深思熟虑，决定守节自处。王逸《楚辞章句》考辨说：『此章言己以忠信事君，可质于明神，而为谗邪所蔽，进退不可，惟博采众善以自处而已。』

抽思

心郁郁之忧思兮，独永叹乎增伤。
思蹇产之不释兮，曼遭夜之方长。
悲秋风之动容兮，何回极之浮浮！
数惟荪之多怒兮，伤余心之忧忧。
愿摇起而横奔兮，览民尤以自镇。
结微情以陈辞兮，矫以遗夫美人。
昔君与我诚言兮，曰：『黄昏以为期。』
羌中道而回畔兮，反既有此他志。
憍吾以其美好兮，览余以其修姱。
与余言而不信兮，盖为余而造怒。

注释

永叹：长叹。王逸《楚辞章句》分析说：『哀愁太息，损肺肝也。』

增伤：增加悲伤。

思：思绪、愁怨。

不释：不解，释解不开。王逸《楚辞章句》分析说：『心中诘屈，如连环也。』

曼：通『漫』，长的意思。本句的意思是说这茫茫的黑夜多么漫长。王逸《楚辞章句》分析说：『忧不能眠，时难晓也。』

动容：使大地变色。这里是指秋风萧瑟、草木枯黄凋零，自然变色。容，自然容貌。王逸《楚辞章句》分析说：「风为政令。动，摇也。言风起而草木之类摇动，君令下而百姓之化行也。」

回极：四季运转。回，运转、变化、回旋。极，物极而必反，言四季变化。一说，回极，是指北极星。

浮浮：迅速的意思。王逸《楚辞章句》分析说：「浮浮，行貌。怀王为回邪之政，不合道中，则其化流行，群下皆效也。」

数：屡次、每每的意思。

惟：思、想起。

荪：香草名，这里比喻楚王。

忧忧：愁苦的样子。王逸《楚辞章句》分析说：「忧，痛貌也。言己惟思君行，纪数其过，又多忿怒，无罪受罚，故我心忧忧而伤痛也。」

愿：想。

摇起：突然奋起。摇，扶摇、突然。

横奔：不按正常道路走，乱跑。本句的意思是说有时我真想任性而行。王逸《楚辞章句》分析说：「言己见君妄怒，无辜而受罚，则欲摇动而奔走。」

尤：罪、苦难。

镇：镇定。王逸《楚辞章句》分析说：「尤，过也。镇，止也。言己览观众民，多无过恶而被刑罚，非独己身，故自镇止而慰己也。」

结：概括。

微情：深情。意思是对楚王的深情。王逸《楚辞章句》分析说：「结续妙思，作辞赋也。」

矫：举、奉的意思。

遗：送、献给的意思。

美人：敬爱的人，这里指楚怀王。王逸《楚辞章句》分析说：「举与怀王，使览照也。」

诚言：约定的话。王逸《楚辞章句》分析说：「始君与己谋政务也。」

黄昏：比喻年老。

为期：时候。本句的意思是说要重用我到老。王逸《楚辞章句》分析说：「且待日没间静时也。」

羌：楚地方言，发语助词。

回畔：反悔、变卦。畔，通「叛」，背离。王逸《楚辞章句》分析说：「信用谗人，更狐疑也。」

既：已经。

他志：其他的打算。王逸《楚辞章句》分析说：「谓己不忠，遂外疏也。」

憍（jiāo交）：同「骄」，这里是炫耀的意思。憍吾，你向我炫耀的意思。王逸《楚辞章句》分析说：「握持宝玩，以侮余也。」

览余：你向我展示。王逸《楚辞章句》分析说：「陈列好色，以示我也。」

盖：同「盍」，何以、为什么。

造怒：找茬子发怒。王逸《楚辞章句》分析说：『责其非职，语横暴也。』

愿承閒而自察兮，心震悼而不敢。
悲夷犹而冀进兮，心怛伤之憺憺。
兹历情以陈辞兮，荪详聋而不闻。
固切人之不媚兮，众果以我为患。
初吾所陈之耿著兮，岂至今其庸亡？
何毒药之謇謇兮？愿荪美之可完。
望三五以为像兮，指彭咸以为仪。
夫何极而不至兮，故远闻而难亏。
善不由外来兮，名不可以虚作。
孰无施而有报兮，孰不实而有穫？

注释

閒：同『间』，间隙、机会的意思。承閒，找机会。

自察：表白自己的心迹。王逸《楚辞章句》分析说：『思待清宴，自解说也。』

心震悼：心惊胆战。震，震惊。悼，悲痛。王逸《楚辞章句》分析说：『志恐动悸，心中怛也。』

夷犹：犹豫不决。

冀进：希望进言。王逸《楚辞章句》分析说：『意怀犹豫，幸擢拔也。』

怛（dá达）：悲伤。

憺憺（dàn但）：通『惔惔』，被火焚烧的样子。这里指忧心如焚。王逸《楚辞章句》分析说：『肝胆剖破，血凝滞也。』

历情：全部想法。历，全过程。王逸《楚辞章句》分析说：『发此愤思，列谋谟也。』

荪：芳草名，指楚怀王。

详：同『佯』，假装的意思。

切人：恳切的人、正直诚实的人。

不媚：不会谄媚讨好。王逸《楚辞章句》分析说：『琢差群佞，见憎恶也。』

众：众小人。

果：果然。王逸《楚辞章句》分析说：『谄谀比己于剑戟也。』

耿著：显著明了、清楚明白。王逸《楚辞章句》分析说：『论说政治，道明白也。』

其庸亡：就把它忘记了。其，它。庸，乃、就的意思。亡，通『忘』。王逸《楚辞章句》分析说：『文辞尚在，可求索也。』

毒药：有毒的药。王逸《楚辞章句》分析说：『忠信不美，如毒药也。』

謇謇（jiǎn简）：直言敢说的样子。本句的意思是说为何我独爱忠言直谏。

可完：可以发扬光大。王逸《楚辞章句》分析说：「想君德化，可兴复也。荪一作荃，完一作光。」

望：希望。

三五：指三王（夏禹、商汤、周文王）、五霸（春秋时期的齐桓公、晋文公、秦穆公、宋襄公、楚庄王）。今人赵逵夫认为是「三王」之误，指的是楚国的三王（即句亶王熊伯庸、鄂王熊红、越章王熊疵等三位楚国历史鼎盛时期分出的三族的祖先），可备一说。

像：榜样。王逸《楚辞章句》分析说：「三王五伯可修法也。」

彭咸：传说是殷朝的忠臣、贤臣，因直谏未被采纳而投水自杀。仪，楷模。王逸《楚辞章句》分析说：「先贤清白，我式之也。」这两句的意思是说希望你们以三王五霸为榜样，我将彭咸作为自己的楷模。

何极：没有什么目的。王逸《楚辞章句》分析说：「尽心修善，获官爵也。」

远闻：美名远扬。

难亏：难以诋毁。王逸《楚辞章句》分析说：「功名布流，长不灭也。」

善：优秀的品德。王逸《楚辞章句》分析说：「才德仁义，由己出也。」

无施：没有施予，不做好事。

报：回报。王逸《楚辞章句》分析说：「谁不自施德而蒙福。」

不实：不播种。实，果实、种子。王逸《楚辞章句》分析说：「空穗满田，无所得也。以言上不施惠，则下不竭其力；君不履信诚，则臣下伪惑也。获，一作穫。」

少歌曰：与美人抽怨兮，并日夜而无正。

憍吾以其美好兮，敖朕辞而不听。

注释

少歌：古代乐章音节的名称，从其表现形式上看，像是乐歌中穿插的小合唱。从内容上看，又像是诗歌前半篇的小结。姜亮夫说：「小字是也，《荀子》『其小歌也』，小歌犹言短歌云尔。」

与：向。

美人：这里指国君。王逸《楚辞章句》分析说：「为君陈道，拔恨意也。」《屈原集校注》认为：「按王逸注曰：『为君陈道，拔恨意也。』『拔恨意』即『抽怨』之解，此可证王本正做『抽怨』。」

无正：是非黑白不分。正，一说证，证明。王逸《楚辞章句》分析说：「君性不端，昼夜谬也。」

敖：通「傲」。

朕辞：我的话。本句的意思是说对我的话他傲慢不听。王逸《楚辞章句》分析说：「慢我之言，而不采听也。」

倡曰：有鸟自南兮，来集汉北。

好姱佳丽兮，牉独处此异域。

既惸独而不群兮，又无良媒在其侧。

道卓远而日忘兮，愿自申而不得。

望北山而流涕兮，临流水而太息。

望孟夏之短夜兮，何晦明之若岁！

惟郢路之辽远兮，魂一夕而九逝。

曾不知路之曲直兮，南指月与列星。

愿径逝而不得兮，魂识路之营营。

何灵魂之信直兮，人之心不与吾心同！

理弱而媒不通兮，尚不知余之从容。

注释

倡：同「唱」，这也是乐章音节的名称。从形式上看好像是领唱。从诗的内容来看，是另一层意思的开端。王逸《楚辞章句》分析说：「起倡发声，造新曲也。」

鸟：屈原自喻。

自南：从南方飞来。屈原从国都郢贬至汉北。王逸《楚辞章句》分析说：「屈原自喻，生楚国也。」

集：栖息。

汉北：汉水以北。王逸《楚辞章句》分析说：「虽易水土，志不革也。」

好姱：美丽。本句的意思是说鸟的羽毛丰满美丽。王逸《楚辞章句》分析说：「容貌说美，有俊德也。」

牉：背离。这里是分离、离群的意思。

异域：他地，离开故乡的地方。王逸《楚辞章句》分析说：「背离乡党，居他邑也。」。

惸（qióng穷）：独，孤单。

良媒：好媒人。比喻帮自己向楚王说情沟通的人。王逸《楚辞章句》考辨说：「左右嫉妒，莫炫鬻也。」

卓：通「逴」（chuō绰），远的意思。

日忘：一天天被人忘记。

自申：自己申诉。本句的意思是指向人申诉衷肠而无对象。

北山：按王逸《楚辞章句》分析说：「詹仰高景，愁悲泣也。北山一作南山。」戴震谓作北山者非。

望孟夏：希望初夏。王逸《楚辞章句》考辨说：「四月之末，阴尽极也。」

晦明：从天黑到天亮，即一整夜。王逸《楚辞章句》分析说：「忧不能寐，常倚立也。」

辽远：遥远。王逸《楚辞章句》考辨说：「隔以江湖，幽僻侧也。」

九逝：九次，比喻往返多次。本句的意思是说梦中的灵魂一夜之间竟往返九趟。王逸《楚辞章句》云：精魂夜归，几满十也。」

不知：指灵魂不知。

路：这里指去郢都的路。王逸《楚辞章句》分析说：「忽往忽来，行亟疾也。一本云：曾不知路之曲直兮，魂识路之营营。何灵魂之信直兮，南指月与列星。愿径逝而未得兮，人之心不与吾心同。」

南指：指南，分辨南行的方向。本句的意思是说借月亮和星星的光亮辨别去郢都的方向。王逸《楚辞章句》分析说：「参差转运，相递代也。」

愿：想。

径逝：走捷径。王逸《楚辞章句》分析说：「意欲直还，君不纳也。」

营营：往来忙碌的样子。王逸《楚辞章句》分析说：「精灵主行，往来数也。或曰：识路，知道路也。营，一作茕。」

信直：诚信忠直。王逸《楚辞章句》分析说：「质性忠正，不枉曲也。」

理弱：媒人无能，知己劣弱。

媒：这里作动词用，说合、疏通的意思。王逸《楚辞章句》分析说：「知友劣弱，又鄙朴也。」

从容：举止行动、情形。王逸《楚辞章句》分析说：「未照我志之所欲也。」

乱曰：长濑湍流，泝江潭兮。
狂顾南行，聊以娱心兮。
轸石崴嵬，蹇吾愿兮。
超回志度，行隐进兮。
低徊夷犹，宿北姑兮。
烦冤瞀容，实沛徂兮。
愁叹苦神，灵遥思兮。
路远处幽，又无行媒兮。
道思作颂，聊以自救兮。
忧心不遂，斯言谁告兮！

注释

乱：古代乐歌中的尾声，是全篇的概括和总结，具有结语的性质。

濑（lài 赖）：浅滩。

湍：急。

泝（sù 诉）：同「溯」，逆流而上的意思。

江潭：江的深水处。本句的意思是说自己在汉水逆流而上行驶。王逸《楚辞章句》考辨说：「逆流而上曰溯。潭，渊也。楚人名渊曰潭。言己思得君命，缘湍濑之流，上溯江渊，而归郢也。」

狂顾：猛然回头。本句的意思是说有时突然调转船头顺水南行。狂，犹遽也。

娱：乐。王逸《楚辞章句》分析说：「娱，乐也。君不肯还己，则复遽走南行，幽藏山谷，以娱己之本志也。一无「聊」字。」

轸（zhěn 枕）石：怪石。轸，方。王逸《楚辞章句》考辨说：「轸，方也。故曰：轸之方也，以象地。」

崴嵬（wēi wéi 微惟）：崔巍，高貌。耸立不平。这里指道路崎岖不平。王逸《楚辞章句》考辨说：「崴嵬，崔巍，高貌也。言虽放弃，执履忠信，志如方石，终不可转，行度益高，我常愿之也。」

蹇：阻碍。

吾愿：返回故乡郢都的意思。

超回：尽快北回。超，快的意思。王逸《楚辞章句》分析说：「超，越也。言己动履正直，超越回邪，志其法度，隐行忠信，日以进也。」朱熹《楚辞集注》谓「超回不可晓」，「隐进不可晓」。

志度：下决心南渡。志，决心。度，通「渡」。

行：行动的意思。

隐：退。

进：前进的意思。本句诗的意思是说进退两难、难以决断。

低佪：徘徊，流连难舍的样子。

夷犹：犹豫。

宿：只好暂宿。

北姑：地名。王逸《楚辞章句》分析说：「北姑，地名。言己所以低佪犹豫、宿北姑者，冀君觉寤而还己也。低，一作佴。」

瞀（mào 貌）容：烦乱的心情写在脸上。瞀，烦乱。本句的意思是说心思烦乱、满脸愁容。

实：实在由于。

沛徂（cú 促）：颠沛流离、颠沛流离之苦。沛，颠沛。徂，往。王逸《楚辞章句》考辨说：「徂，去也。言己忧愁思念烦冤，容貌愦乱，诚欲随水沛然而流去也。」

苦神：愁思苦脸的样子。

灵：心中。

遥思：思念遥远的故乡。王逸《楚辞章句》分析说：「愁叹苦神者，思旧乡而神劳也。灵遥思者，神远思也。」

路远：指离故乡郢都路途遥远。

处幽：住在偏远的地方。王逸《楚辞章句》分析说：「路远处幽者，道远处僻也。无行媒者，无绍介也。」

行媒：能去郢都为自己说合的人。

道思：为表明自己的思绪。道，表白。

作颂：作诗，作这首诗。

自救：自我宽慰。王逸《楚辞章句》分析说：「道思者，中道作颂，以舒怫郁之念，救伤怀之思也。」

遂：顺畅。

谁告：告谁。王逸《楚辞章句》分析说：「忧心不遂，不达也。谁告者，无所告诉也。」

内心郁闷忧愁无限啊，

独自长叹徒增悲伤。

内心愁思郁结难以排解啊，

黑夜茫茫又漫长。

可怜秋风使草木凋残啊，

为何四季变换如此之快。

每当想到君王易怒，

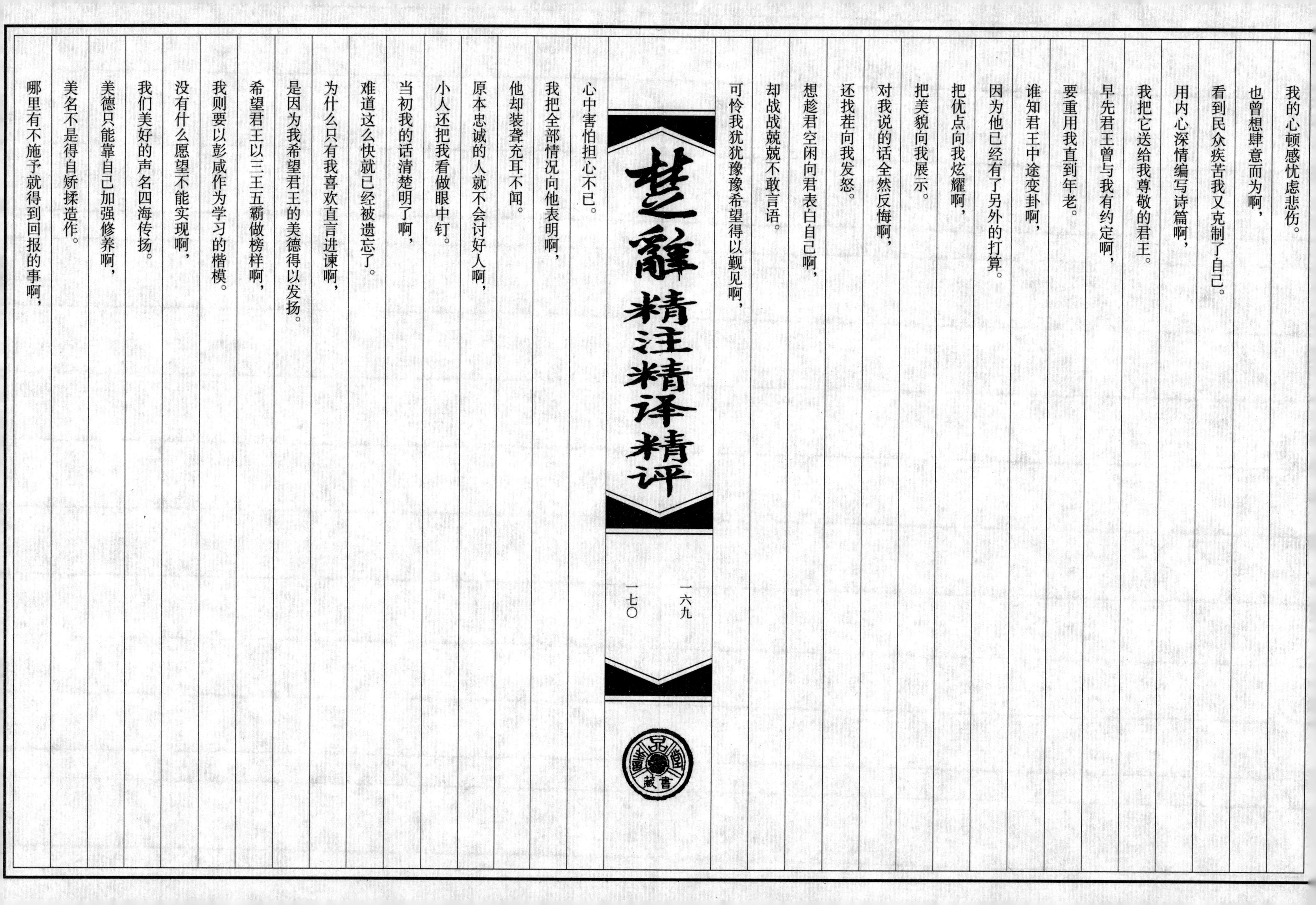

我的心顿感忧虑悲伤。
也曾想肆意而为啊，
看到民众疾苦我又克制了自己。
用内心深情编写诗篇啊，
我把它送给我尊敬的君王。
早先君王曾与我有约定啊，
要重用我直到年老。
谁知君王中途变卦啊，
因为他已经有了另外的打算。
把优点向我炫耀啊，
把美貌向我展示。
对我说的话全然反悔啊，
还找茬向我发怒。
想趁君空闲向君表白自己啊，
却战战兢兢不敢言语。
可怜我犹犹豫豫希望得以觐见啊，

心中害怕担心不已。
我把全部情况向他表明啊，
他却装聋充耳不闻。
原本忠诚的人就不会讨好人啊，
小人还把我看做眼中钉。
当初我的话清楚明了啊，
难道这么快就已经被遗忘了。
为什么只有我喜欢直言进谏啊，
是因为我希望君王的美德得以发扬。
希望君王以三王五霸做榜样啊，
我则要以彭咸作为学习的楷模。
没有什么愿望不能实现啊，
我们美好的声名四海传扬。
美德只能靠自己加强修养啊，
美名不是得自矫揉造作。
哪里有不施予就得到回报的事啊，

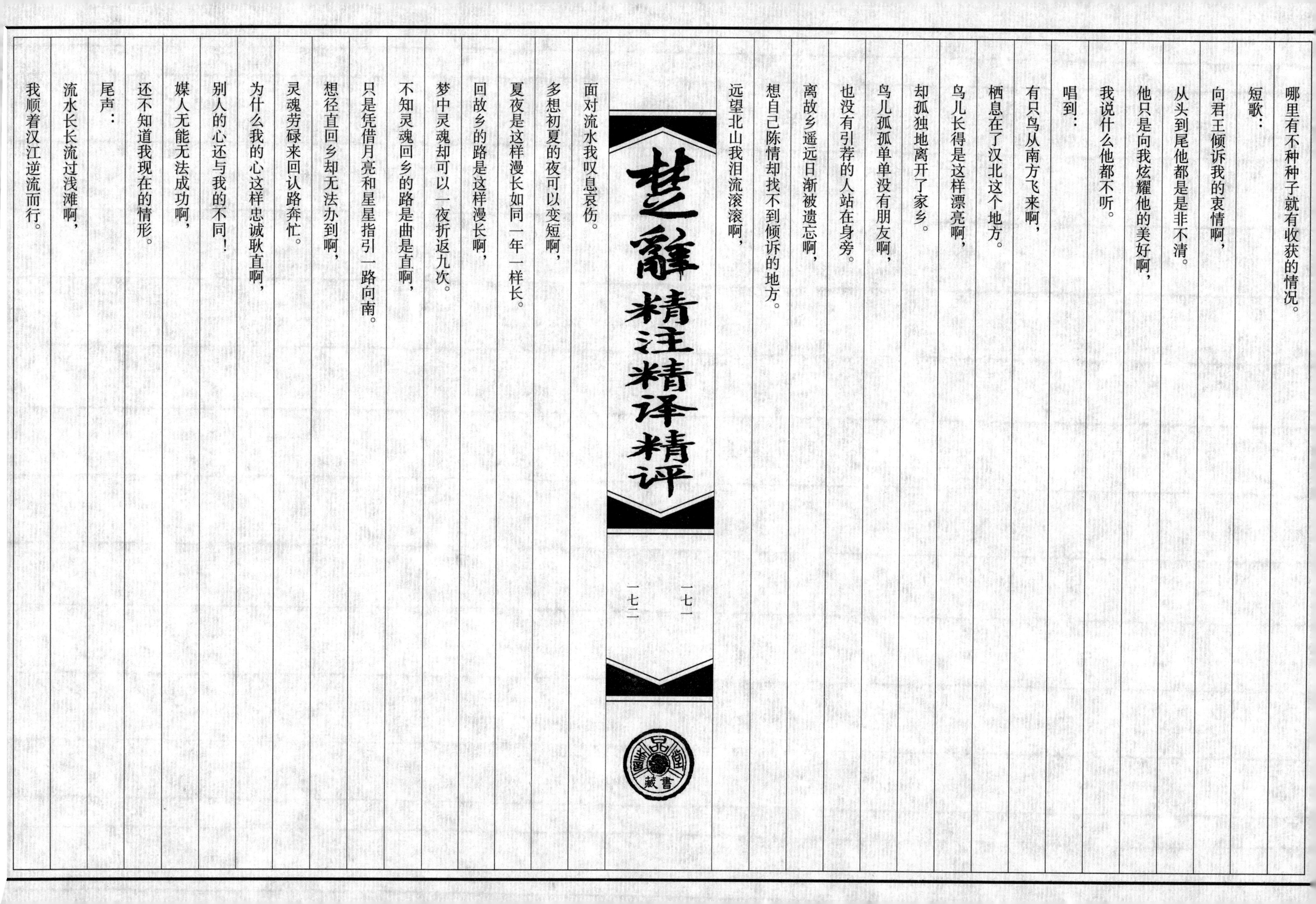

哪里有不种种子就有收获的情况。

短歌：

向君王倾诉我的衷情啊，
从头到尾他都是是非不清。
他只是向我炫耀他的美好啊，
我说什么他都不听。

唱到：

有只鸟从南方飞来啊，
栖息在了汉北这个地方。
鸟儿长得是这样漂亮啊，
却孤独地离开了家乡。
鸟儿孤孤单单没有朋友啊，
也没有引荐的人站在身旁。
离故乡遥远日渐被遗忘啊，
想自己陈情却找不到倾诉的地方。
远望北山我泪流滚滚啊，
面对流水我叹息哀伤。
多想初夏的夜可以变短啊，
夏夜是这样漫长如同一年一样长。
回故乡的路是这样漫长啊，
梦中灵魂却可以一夜折返九次。
不知灵魂回乡的路是曲是直啊，
只是凭借月亮和星星指引一路向南。
想径直回乡却无法办到啊，
灵魂劳碌来回认路奔忙。
为什么我的心这样忠诚耿直啊，
别人的心还与我的不同！
媒人无能无法成功啊，
还不知道我现在的情形。

尾声：

流水长长流过浅滩啊，
我顺着汉江逆流而行。

楚辭精注精译精评

猛回头去看南方的道路，
暂且宽慰一下我内心的彷徨。
怪石阻路挡我回乡，
我回乡的夙愿难偿。
尽快北回还是决心南渡，
是进是退我难以决断。
我踌躇不前犹犹豫豫，
只好暂且停留在北姑这里。
内心郁闷愁容满面，
真想随水飘然而去。
我忧愁哀叹神情凄苦，
心里思念着遥远的故乡。
处在偏僻而遥远的地方，
又没有人可以为我陈志抒情。
为了表明心迹我写成此诗，
姑且用它来舒缓内心的哀伤。

忧愁苦闷难以排解啊，
我这些话又能对谁去讲。

评点

《惜诵》是《九章》中的一篇。《九章》是后人为屈原编辑的一本诗歌小集，它收录了屈原的九篇作品。《九章》的写作背景基本相同。王逸《楚辞章句》考辨说：『屈原放于江南之野，思君念国，忧心罔极，故复作九章』。九章各篇的思想内容、表现手法、以及语言风格，也大体一致。每篇都是通过实地实事的描写和叙述，对胸臆坦诚直率的抒发，表现了诗人忧国忧民的墙捏爱国主义精神。惜，贪也。诵，论也。惜诵，追述、称颂过去的事情。戴震《屈原赋注》认为：『诵者，言前事之称。惜诵，悼惜而诵言之也。』作者说自己忠信事君，可质于天地神明，但谗佞所蔽，进退为难，经深思熟虑，决定守节自处。王逸《楚辞章句》考辨说：『此章言已以忠信事君，可质于明神，而为谗邪所蔽，进退不可，惟博采众善以自处而已。』

远游

悲时俗之迫阨兮，愿轻举而远游。
质菲薄而无因兮，焉托乘而上浮？
遭沈浊而污秽兮，独郁结其谁语！
夜耿耿而不寐兮，魂茕茕而至曙。
惟天地之无穷兮，哀人生之长勤。
往者余弗及兮，来者吾不闻。
步徙倚而遥思兮，怊惝怳而乖怀。
意荒忽而流荡兮，心愁悽而增悲。
神儵忽而不反兮，形枯槁而独留。
内惟省以端操兮，求正气之所由。
漠虚静以恬愉兮，澹无为而自得。
闻赤松之清尘兮，愿承风乎遗则。
贵真人之休德兮，美往世之登仙。
与化去而不见兮，名声著而日延。
奇傅说之托辰星兮，羡韩众之得一。

形穆穆以浸远兮，离人群而遁逸。
因气变而遂曾举兮，忽神奔而鬼怪。
时彷佛以遥见兮，精皎皎以往来。
绝氛埃而淑尤兮，终不反其故都。
免众患而不惧兮，世莫知其所如。
恐天时之代序兮，耀灵晔而西征。
微霜降而下沦兮，悼芳草之先零。
聊仿佯而逍遥兮，永历年而无成！
谁可与玩斯遗芳兮？晨向风而舒情。
高阳邈以远兮，余将焉所程？

注释

迫阨（è恶）：迫害，指嫉贤妒能。王逸《楚辞章句》分析说：『哀众嫉妒，迫胁贤也。阨，一作隘。』

轻举：飞升的意思。王逸《楚辞章句》分析说：『高翔避世，求道真也。』

质：本质。

菲薄：浅薄、鄙陋。

无因：不可依靠。王逸《楚辞章句》分析说：『质性鄙陋，无所因也。因一作由。』

上浮：飞升。王逸《楚辞章句》分析说：『将何引援而升云也。』

沈浊：浑浊。沈，同「沉」。王逸《楚辞章句》分析说：「逢遇暗主，触谗佞也。而一作之。」

谁语：向谁诉说。王逸《楚辞章句》分析说：「思虑烦冤，无告陈也。」

耿耿：形容难以入眠的样子。王逸《楚辞章句》分析说：「忧以悉戚，目不眠也。」《诗》云：「耿耿不寐。」

茕茕：形容孤孤单单的样子。

至曙：到天亮。王逸《楚辞章句》分析说：「精魂怔忪不寐，故至曙也。」

长勤：劳碌终身。王逸《楚辞章句》分析说：「伤己命禄，多忧患也。」

弗及：追赶不上。王逸《楚辞章句》分析说：「三皇五帝不可逮也。」

不闻：不问的意思。王逸《楚辞章句》分析说：「后虽有圣，我身不见也。一云吾不可闻，一云余弗闻。」

徙倚：徘徊。

怊（chāo超）：悲伤。

惝怳（tǎng huǎng躺晃）：失意而不快的意思。

乖怀：理想不能实现。乖，违反。怀，志向。王逸《楚辞章句》分析说：「惆怅失望，志乖错也。」

意：心里。

荒忽：迷茫。王逸《楚辞章句》分析说：「情思罔两，无据依也。」

增悲：无限悲伤。王逸《楚辞章句》分析说：「怆然感结，涕沾怀也。悽一作凄。」

儵忽：很快飘离，指神魂很快向远方飘去。王逸《楚辞章句》分析说：「魂灵远逝，游四维也。」

反：同「返」。

形：躯体。王逸《楚辞章句》分析说：「身体寥廓，无识知也。」

内：心中。

省：反省、思考的意思。

端操：端正志向。操，志向。王逸《楚辞章句》分析说：「捐弃我情，虑专一也。一云林素我情。」

所由：从哪里来。王逸《楚辞章句》分析说：「栖神藏情，治心术也。由一作繇。」

漠：淡漠。

虚静：平静。

恬愉：恬适愉悦。王逸《楚辞章句》分析说：「恬然自守，内乐佚也。」

澹（dàn旦）：同「淡」。

无为：清心寡欲。这是黄老思想。

自得：怡然自得。王逸《楚辞章句》分析说：「涤除嗜欲，获道实也。」

闻：想听。

赤松：人名，神农时的雨师。

清尘：尊词。拜人为师的意思。这里是美言。王逸《楚辞章句》分析说：「想听赤松之徽美也。尘一作虚。」

承风：继承他的遗风。

遗则：法则。王逸《楚辞章句》分析说：「思奉长生之法式也。」

贵：崇尚。

真人：指赤松。

休：同「修」，美的意思。王逸《楚辞章句》分析说：「珍玮道士，寿无穷极。真一作至。」

美：羡慕。

往世：过去的人。

登仙：升天成神仙。这里专指王子乔飞天成仙一事。据王逸《楚辞章句》注说：「羡门子乔，古登真也。……子乔，一作子高。」

与化去：指魂离形壳而去。王逸《楚辞章句》分析说：「变易形容，远藏匿也。」

日延：流传百世。王逸《楚辞章句》分析说：「姓字弥章，流千亿也。」

傅说：人名，传说做过宰相，死后化为辰星。王逸《楚辞章句》分析说：「圣贤虽终，精著天也。傅说，武丁之相。辰星、房星，东方之宿，苍龙之体也。傅说死后，其精着于房尾也。」

韩众：人名，齐国人，又称为韩终。传说为王采药，王不肯服，自服而成仙。

得一：得道成仙。一，道家的哲学概念，即道。王逸《楚辞章句》分析说：「喻古先圣，获道纯也。」

穆穆：幽远。

浸远：越来越远。王逸《楚辞章句》分析说：「卓绝乡党，无等伦也。」

离：逃避。

遁逸：隐去。王逸《楚辞章句》分析说：「遁去风俗，独隐存也。」

因：凭借。

气变：指精气的变化。

曾举：升级，提升。王逸《楚辞章句》分析说：「乘风蹈雾，升皇庭也。」

神奔而鬼怪：像神鬼样变幻莫测。王逸《楚辞章句》分析说：「往来奄忽，出杳冥也。」

时：有时。

遥见：远远看见。王逸《楚辞章句》分析说：「托貌云飞，象其形也。」

精：神灵。

皎皎：明亮的样子。皎，同「皎」。王逸《楚辞章句》分析说：「神灵照曜，皎如星也。」

氛埃：昏浊的尘世。

淑尤：指神仙居住的洞府。淑，善、好的意思。王逸《楚辞章句》分析说：「超越垢秽，过先祖也。淑，善也。尤，过也。言行道修善，所以过先祖也。绝，一作超。尤，一作邮。」

不反：不愿返。

故都：故乡。王逸《楚辞章句》分析说：「去背旧都，遂登仙也。」

不惧：不惧众患。众患，指人的生死病痛。王逸《楚辞章句》分析说：「得离群小，脱艰难也。」

世：世人。

所如：何来何往。王逸《楚辞章句》分析说：『奋翼高举，升天衢也。自此以上，皆美仙人超世离俗，免脱患难。屈原想慕其道，以自慰缓，愁思复至，志意怅然，自伤放逐，恐命不延，顾念年时，因复吟叹也。』

天时：一年四季。

代序：交替变化。王逸《楚辞章句》分析说：『春秋迭更，年老暮也。』

耀灵：太阳。一说指雷电。

晔：光闪闪的样子。有说是闪电明亮的样子。王逸《楚辞章句》分析说：『托乘雷电以驰骛也。灵晔，电貌。《诗》云：晔晔震电。』

西征：西行。王逸《楚辞章句》分析说：『西方少阴，其神蓐收，主刑罚。屈原欲急西行者，将命于神务宽大也。』

微：发语助词。

下沦：下沉。沦，谕上用法之刻深也。

悼：可惜。

零：凋零。王逸《楚辞章句》分析说：『不诛邪伪，害仁贤也。』

仿佯：徘徊。王逸《楚辞章句》分析说：『聊且戏荡而观听也。』

永历年：经过很多年。言虚度年华。

无成：一事无成。王逸《楚辞章句》分析说：『身以过老，无功名也。』

与玩：与我共赏。

斯：这些。

遗芳：霜冻后留下的芳草。王逸《楚辞章句》考辨说：『世莫足与议忠贞也。斯遗芳，一作此芳草。』

晨向风：久久地迎风。王逸《楚辞章句》考辨说：『想承君命，竭诚信也。晨，一作长。向，一作乡。』

高阳：古帝名。据《离骚》屈原自己说，他是高阳帝的后代子孙。可参见本书《离骚》中的相关注解。

邈、远：离我们太远了。

所程：效法古人。程，衡量、学习、仿效的意思。王逸《楚辞章句》考辨说：『安取法度，修我身也。焉，一作安。』

重曰：春秋忽其不淹兮，奚久留此故居？

轩辕不可攀援兮，吾将从王乔而娱戏！

餐六气而饮沆瀣兮，漱正阳而含朝霞。

保神明之清澄兮，精气入而粗秽除。

顺凯风以从游兮，至南巢而壹息。

见王子而宿之兮，审壹气之和德。

曰：『道可受兮，不可传；

其小无内兮，其大无垠；

无滑而魂兮，彼将自然；
壹气孔神兮，于中夜存；
虚以待之兮，无为之先；
庶类以成兮，此德之门。』
闻至贵而遂徂兮，忽乎吾将行。
仍羽人于丹丘兮，留不死之旧乡。
朝濯发于汤谷兮，夕晞余身兮九阳。
吸飞泉之微液兮，怀琬琰之华英。
玉色頩以脕颜兮，精醇粹而始壮。
质销铄以汋约兮，神要眇以淫放。
嘉南州之炎德兮，丽桂树之冬荣。
山萧条而无兽兮，野寂漠而无人。
载营魄而登霞兮，掩浮云而上征。
命天阍其开关兮，排阊阖而望予。
召丰隆使先导兮，问太微之所居。
集重阳入帝宫兮，造旬始而观清都。

朝发轫于太仪兮，夕始临乎于微闾。
屯余车之万乘兮，纷容与而并驰。
驾八龙之婉婉兮，载云旗之逶蛇。
建雄虹之采旄兮，五色杂而炫耀。
服偃蹇以低昂兮，骖连蜷以骄骜。
骑胶葛以杂乱兮，斑漫衍而方行；
撰余辔而正策兮，吾将过乎句芒。
历太皓以右转兮，前飞廉以启路。
阳杲杲其未光兮，凌天地以径度。
风伯为余先驱兮，氛埃辟而清凉。
凤皇翼其承旂兮，遇蓐收乎西皇。
擥彗星以为旍兮，举斗柄以为麾。
叛陆离其上下兮，游惊雾之流波。
时暧曃其曭莽兮，召玄武而奔属。
后文昌使掌行兮，选署众神以并毂。
路曼曼其修远兮，徐弭节而高厉。

欲度世以忘归兮，意恣睢以担挢。

内欣欣而自美兮，聊媮娱以淫乐。

涉青云以泛滥游兮，忽临睨夫旧乡。

仆夫怀余心悲兮，边马顾而不行。

思旧故以想像兮，长太息而掩涕。

氾容与而遐举兮，聊抑志而自弭。

指炎神而直驰兮，吾将往乎南疑。

览方外之荒忽兮，沛罔象而自浮。

祝融戒而还衡兮，腾告鸾鸟迎宓妃。

张《咸池》奏《承云》兮，二女御《九韶》歌。

使湘灵鼓瑟兮，令海若舞冯夷。

玄螭虫象并出进兮，形蟉虬而透蛇。

雌蜺便娟以增挠兮，鸾鸟轩翥而翔飞。

音乐博衍无终极兮，焉乃逝以俳佪。

舒并节以驰骛兮，逴绝垠乎寒门。

轶迅风于清源兮，从颛顼乎增冰。

历玄冥以邪径兮，乘间维以反顾。

召黔嬴而见之兮，为余先乎平路。

经营四荒兮，周流六漠：

上至列缺兮，降望大壑。

下峥嵘而无地兮，上寥廓而无天。

视倏忽而无见兮，听惝恍而无闻。

超无为以至清兮，与泰初而为邻。

注释

重：古音节名。大致相当于今天的领唱。王逸《楚辞章句》考辨说：「愤懑未尽，复陈辞也。」蒋骥《山带阁注楚辞》指出：「重，乐节之名。洪氏（洪兴祖）曰：情志未申，更作赋也。」

春秋：指一年四季。

不淹：不会停留。王逸《楚辞章句》考辨说：「四时运转，往若流也。」

奚：何。

轩辕：传说中的远古帝王黄帝的名。王逸《楚辞章句》考辨说：「黄帝以往，难引攀也。轩辕，黄帝号也。始作车服，天下号之，为轩辕氏也。」《史记·五帝本纪》指出：「黄帝者，少典之子，姓公孙，名轩辕。」

攀援：投靠。

王乔：人名，周灵王太子，传说成了仙。王逸《楚辞章句》考辨说：「上从真人，与戏娱也。娱，一作游。上从真人，与戏娱也。娱，一作游。」朱熹《楚辞集注》认为：「周灵王太子晋也。《列仙传》曰：『好吹笙，作风鸣，遇浮丘公，接之仙去。』」

六气：即天上的云霞。朱熹《楚辞集注》认为：「六气者，陵阳子《明经》言：『春食朝霞，日始出，赤黄气也；秋食沦阴，日没以后，赤黄气也；冬饮沆瀣，北方夜半气也；夏食正阳，南方日中气也；并天也玄黄之气，是为六气。』」

沆瀣（hàng xiè 杭泄）：露水。王逸《楚辞章句》考辨说：「远弃五谷，吸道滋也。」

正阳：正阳之气，即日中之气。王逸《楚辞章句》考辨说：「餐吞日精，食元符也。」

神明：自己的精神。

粗秽：污秽之气。

凯风：南风。

从游：随风而游。

南巢：地名。朱熹《楚辞集注》认为：「旧说以为南方凤鸟之巢，非汤放桀之居巢也。」

一息：停下休息。

王子：指王乔。王逸《楚辞章句》考辨说：「屯车留止，遇子乔也。」

宿：同「肃」，肃立作揖。

审：请教。

一气：道家认为，外六气入内，能合为一气，即一德，便是道。德，道。蒋骥《山带阁注楚辞》指出：「外气既入，内德自成。所谓六气者，炼而为一气矣。然必得所养而后能和，故就王子而讯之。」

其小无内：说它小，没有比它更小的了。《庄子·天下》说：「至大无外，谓之大一；至小无内，谓之小一。」

无滑（gǔ 古）：无乱，精神不乱。滑，音骨，乱的意思。

受：修炼。

孔：最。

魂：精神。

中夜：半夜。朱熹《楚辞集注》认为：「而气之甚神者，当中夜虚静之时，自存于己，而不相离也。」

存：存入心中。

虚：空虚。

待之：对待。

无为：清静无为、清心寡欲。是道家的处事原则。

先：首、最重要的意思。

庶类：众法门。

门：入门，找到了途径。

至贵：要诀。王逸《楚辞章句》考辨说：「见彼王侯而奔惊也。」

徂（cú 醋）：往、去做、实践。

忽：很快。

仍：走到。

羽人：飞仙。

丹丘：地名。王逸《楚辞章句》考辨说：「因就众仙于明光也。丹丘，昼夜常明也。《九怀》曰：夕宿乎明光。明光，即丹丘也。《山海经》言有羽人之国，不死之民。或曰：人得道，身生毛羽也。」

不死：长生不老。

旧乡：仙人的故乡。王逸《楚辞章句》考辨说：「遂居蓬莱，处昆仑也。」

朝（zhāo 昭）：早晨。

濯：洗。

汤谷：传说中的日出之地。汤，同「旸」。王逸《楚辞章句》考辨说：「汤谷，在东方少阳之位。《淮南》言：日出汤谷，入虞渊也。」

晞（xī 西）：晒干的意思。

九阳：地名，传说在天的边际。王逸《楚辞章句》考辨说：「晞我形体于天垠也。九阳，谓天地之涯。兮，一作乎。垠，一作根。」《山海经·海外东经》说：「九阳居下枝，一日居上枝。」蒋骥《山带阁注楚辞》指出：「九阳，即所谓旸谷上有扶木，九日居下枝者也。」

飞泉：地名，传说在昆仑山的西南。

微液：泉水。

怀：揣着，引申为吞食。

琬琰（wǎn yǎn 蜿蜒）：美玉。

华英：花朵。

玉色：说自己饮微液食玉英后面色如玉。

頩（pián 篇）：美好。

脕（wǎn 晚）：艳美。

精：精神。

醇粹：纯粹。

质销铄：凡胎脱尽。质，指体形。销铄，溶化。

汋（zhuó 卓）约：同「绰约」，体轻、柔弱的样子。朱熹《楚辞集注》认为：「汋约，柔弱貌。」《庄子》说：「藐姑射山，有神人焉，汋约若处子。」

要眇：深渊。

淫放：行为无拘无束。形容其得道之效。《广雅》说：「淫，游也。」钱澄之《庄屈合诂》指出：「淫放，无拘无碍。言其得道之效。」

嘉：赞美。

南州：南方。

炎德：气候温和。

丽：美丽。

冬荣：冬天开花。

萧条：这里指空虚寂寞。

兽：野兽。

野：旷野。

营：同『荧』，晶莹。

登霞：登上朝霞。王逸《楚辞章句》考辨说：『抱我灵魂而上升也。霞谓朝霞，赤黄气也。魄，一作魂。』

掩：乘。

上征：向上飞。

天阍（hūn 昏）：看天门的人。

开关：打开天门。

排：推开。

阊阖（chāng hé 场合）：传说为天庭的南门。

丰隆：风神。

先导：在前面开路。

问：叫他打听。

太微：太微宫，传说是天庭的中宫。

所居：所在地。

集：来到。

重阳：指天。古人说积阳为天，天有九重，故曰重阳。朱熹《楚辞集注》认为：『积阳为天，天有九重，故曰重阳。』

造：造访。

旬始：星名。

清都：传说为天帝府。王逸《楚辞章句》考辨说：『遂至天皇之所居也。旬始，皇天名也。一云：旬始，星名。《春秋考异邮》曰：太白，名旬始，如雄鸡也。』

发轫：出发。

太仪：天庭。王逸《楚辞章句》考辨说：『旦早趋驾于天庭也。太仪，天帝之庭，习威仪之处也。』

于微闾：传说中的地名。王逸《楚辞章句》考辨说：『暮至东方之玉山也。《尔雅》曰：东方之美者，有医无闾之珣玗琪焉。《释文》：于，于其切。一云：微母闾。』朱熹《楚辞集注》认为：『于微闾，《周礼》：「东北曰幽州，

屯：聚集。

纷：众车。

容与：先缓行。

而并驰：然后并驾齐驱。

驾八龙：驾车的八条龙。

婉婉：蜿蜒前进。王逸《楚辞章句》考辨说：『虬螭沛艾，屈偃蹇也。婉，《释文》作蜿，音菀。』

载云旗：车上的云霓旗。

逶蛇：随风飘扬。王逸《楚辞章句》考辨说：『旌旐竟天，皆霓霄也。此二句见《骚经》。』

建：把。

雄虹：古人把虹分为内环、外环，内环叫雄虹，外环叫雌虹。

采旄：彩色大旗。旄，古代用牦牛尾装饰的旗子。

服：服马。在中间拉车的两匹马。

偃蹇：高大雄俊。

低昂：俯仰自如的样子。

骖：在两边拉车的马。

连蜷：指体形长而四腿弯曲自如。

骄骜：即骄傲。指骖马的神态。朱熹《楚辞集注》认为：『马行纵恣也。』

骑：车骑。

胶葛：杂乱交加。

斑漫衍：形容从游队列的盛况。

方行：浩荡前进。

撰：拿。

正策：拿好马鞭。

句芒：神话中的木神。这里指木神居住的地方。

历：经过。

太皓：传说中的远古帝王伏羲。这里也是指伏羲居住的地方。王逸《楚辞章句》考辨说：『遂过庖牺，而谘访也。东方甲乙，其帝太皓，其神勾芒。太皓始结罔罟，以畋以渔，制立庖厨，天下号之为庖牺氏。皓，一作皞。』朱熹《楚辞集注》认为：『《月令》：「东方甲乙，其帝太皞，其神句芒。」注云：「此木帝之君，木官之佐，自古以来著德立功者。」』

启路：走在队伍的前方。

阳：太阳。

杲杲（gǎo搞）：明亮。

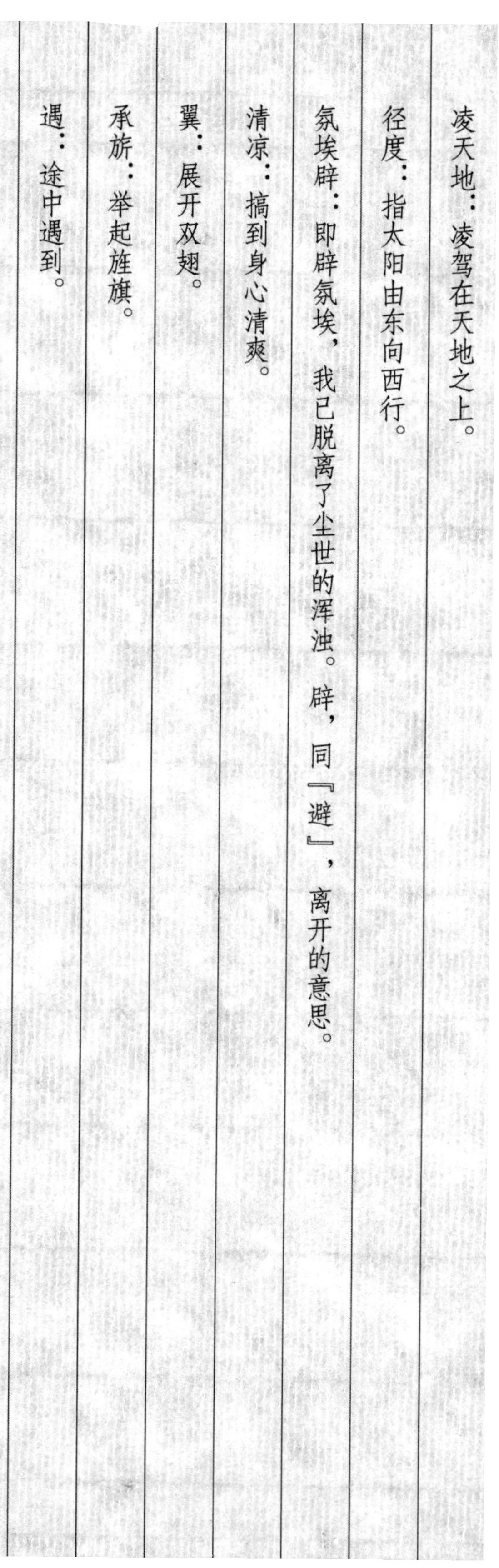

凌天地：凌驾在天地之上。

径度：指太阳由东向西行。

氛埃辟：即辟氛埃，我已脱离了尘世的浑浊。辟，同「避」，离开的意思。

清凉：搞到身心清爽。

翼：展开双翅。

承旂：举起旌旗。

遇：途中遇到。

蓐（rù入）收：传说中的西方之神。

西皇：西方之神。指传说中的古帝少昊氏。王逸《楚辞章句》考辨说：「西方庚辛，其帝少皓，其神蓐收。西皇，即少昊也。《离骚经》曰：召西皇使涉予。知西皇所居，在于西海之津也。乎，一作于。」

擥（lǎn揽）：同「揽」，摘取的意思。

旍（jīng经）：同「旌」，旗的一种。

斗柄：北斗星之柄。

麾：古代指挥军队的旗帜。

叛：旗动的意思。

陆离：五光十色。

上下：上下左右飘动。

游：流动。本句的意思是说旌旗如彩云碧波流动。

暧曃（ài dǎi爱逮）：昏暗的意思。

曭（tǎng躺）莽：晦暗。暧曃、曭莽都是天昏地暗的意思。

玄武：传说北方之神。

奔属：快跟上我。

后：后面。

文昌：星名。属北斗星座。蒋骥《山带阁注楚辞》指出：「文昌，在紫微宫，北斗魁前六星。」

掌行：掌管后面的队伍。王逸《楚辞章句》考辨说：「顾命中宫，敕百官也。天有三宫，谓紫宫、太微、文昌也。故言中宫。紫宫，一作紫微。」

选署：选择部署。

并毂（gǔ古）：并驾前进。

徐弭节：慢慢把车停下来。

高厉：登高凭望。

径侍：在路旁伺候。

为卫：在旁边保卫。

度世：超脱尘世。

忘归：乐而忘返。

恣睢（suī虽）：随心所欲。

担挢（jiāo交）：高举。挢，举手。本句的意思是说随心所欲、手舞足蹈的意思。

内欣欣：内心高高兴兴。

自美：自我感觉良好。

淫乐：尽情欢乐。

泛滥游：纵情游乐。

临睨（nì尼）：看见。

仆夫：车夫。

怀：感怀。

想像：这里指想返回故乡。

掩：掩饰，偷偷的。王逸《楚辞章句》考辨说：『喟然增叹，泣沾裳也。屈原谓修身念道，得遇仙人，托与俱游，周历万方，升天乘云，役使百神，而非所乐，犹思楚国，念故旧，欲竭忠信，以宁国家。精诚之至，德义之厚也。』

氾：同『泛』，指犹豫徘徊很久。

遐举：远远离去。

抑志、自弭：都是自己控制感情的意思。

指：指使。

炎神：传说中的南方之神，即炎帝。

直驰：驱车向南驰去。

南疑：九嶷山，在湖南西南。

方外：世外。

荒忽：荒芜，渺茫的意思。

沛：水流的样子。王逸《楚辞章句》考辨说：『水与天合，物漂流也。』

罔象：水大的样子。

自浮：天水相连，波涛起伏。

祝融：传说中的上古帝王。

戒：告我。

腾告：转告。腾，传递。

咸池、承云：都是古代乐曲名。王逸《楚辞章句》考辨说：『思乐黄帝与唐尧也。《咸池》，尧乐也。《承云》即《云门》，黄帝乐也。屈原得祝融止己，即时还车，将即中土，乃使仁贤若鸾凤之人，因迎贞女，如洛水之神，使达已于圣君，德若黄帝、帝尧者，欲与建德成化，制礼乐，以安黎庶也。」

二女：这里指虞舜的妻子娥皇、女英。王逸《楚辞章句》考辨说：「美尧二女，助成化也。《韶》，舜乐名也。九成，九奏也。屈原美舜遭值于尧，妻以二女，以治天下。内之大麓，任之以职，则百僚师师，百工惟时，于是遂禅以位，升为天子。乃作《韶》乐，钟鼓铿锵，九奏乃成。屈原自伤，不值于尧，而遭浊世，见斥逐也。」

九韶：古代乐曲名。

湘灵：传说中的湘水之神。

海若：海神。朱熹《楚辞集注》认为：「海若，海神号。《庄子》有北海若。」

冯夷：河伯。黄河之神。

玄螭、虫象：传说都是水里的神物。

蟉（liú流）虬：盘曲的样子。

便娟：清逸美丽的样子。

增挠：层层缠绕。

轩翥（zhù注）：高高飞翔。翥，鸟向上飞的意思。

博衍：宽平的意思。形容乐声舒缓悠扬。

逝：离开。

舒并节：放松缰绳。

逴（chuò绰）：远。

绝垠：奔向天边。

寒门：传说中的北极之门。

轶：穿过。

迅风：疾风。

清源：冷风的源头。

从：跟随。

颛顼：传说中的北方帝王的名字。

增冰：到冰天雪地。

历：经过。

玄冥：幽都。

邪径：崎岖路险。

间维：天地之间。

反顾：这里是休息的意思。

黔嬴：雷神。

见之：召见。

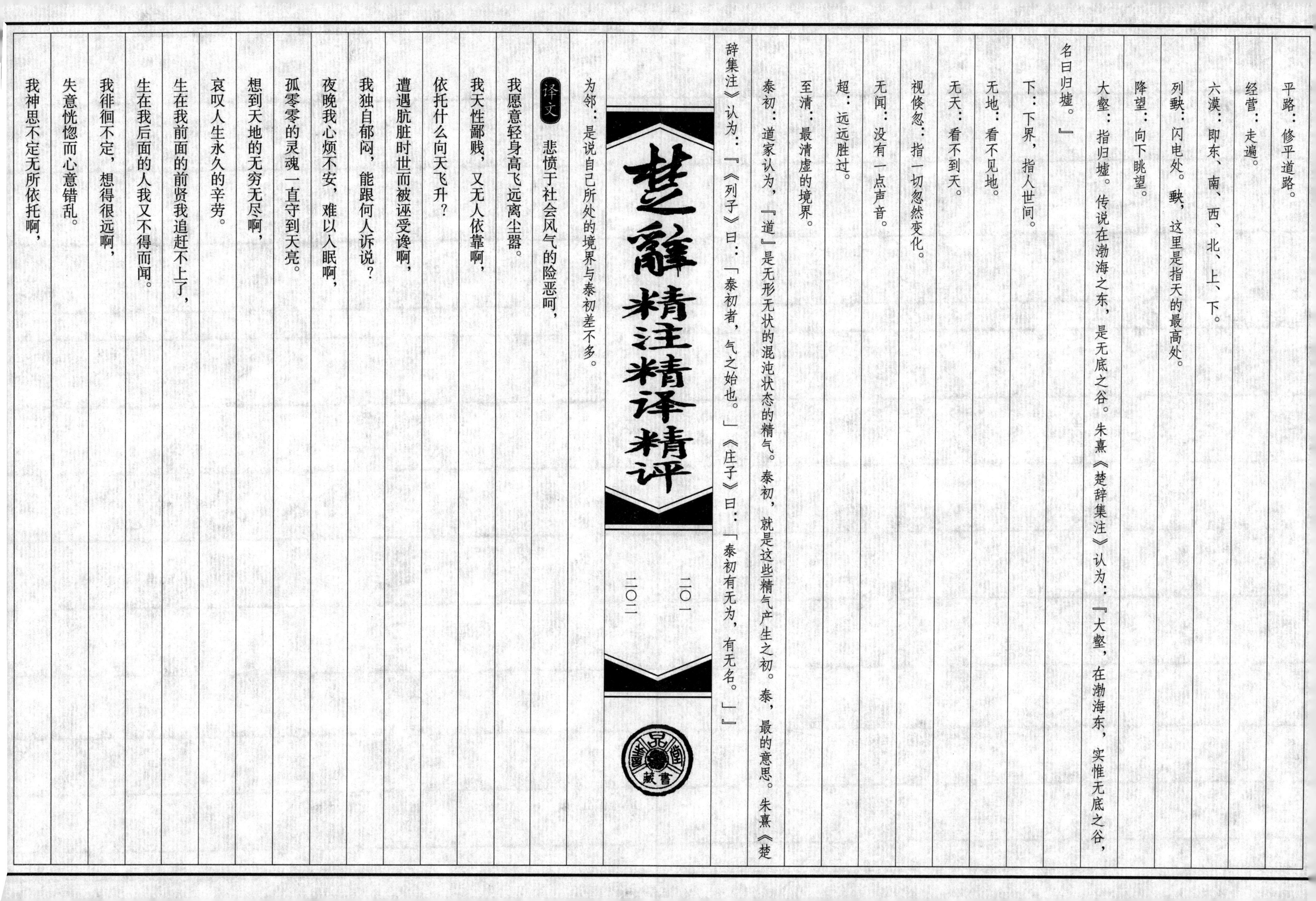

平路：修平道路。

经营：走遍。

六漠：即东、南、西、北、上、下。

列缺：闪电处。缺，这里是指天的最高处。

降望：向下眺望。

大壑：指归墟。传说在渤海之东，是无底之谷。朱熹《楚辞集注》认为：『大壑，在渤海东，实惟无底之谷，名曰归墟。』

下：下界，指人世间。

无地：看不见地。

无天：看不到天。

视倏忽：指一切忽然变化。

无闻：没有一点声音。

超：远远胜过。

至清：最清虚的境界。

泰初：道家认为，『道』是无形无状的混沌状态的精气。泰初，就是这些精气产生之初。泰，最的意思。朱熹《楚辞集注》认为：『《列子》曰：「泰初者，气之始也。」《庄子》曰：「泰初有无为，有无名。」』

为邻：是说自己所处的境界与泰初差不多。

译文

悲愤于社会风气的险恶啊，
我愿意轻身高飞远离尘嚣。
我天性鄙贱，又无人依靠啊，
依托什么向天飞升？
遭遇肮脏时世而被诬受谗啊，
我独自郁闷，能跟何人诉说？
夜晚我心烦不安，难以入眠啊，
孤零零的灵魂一直守到天亮。
想到天地的无穷无尽啊，
哀叹人生永久的辛劳。
生在我前面的前贤我追赶不上了，
生在我后面的人我又不得而闻。
我徘徊不定，想得很远啊，
失意恍惚而心意错乱。
我神思不定无所依托啊，

心里充满忧愁而增添几许悲哀。
神魂飘荡而不知归返啊，
形体枯槁却偏偏让这躯干存留。
只有靠我内省来端正情操啊，
要寻求天地间正气的所在。
心境保持淡漠清净就能愉快啊，
淡泊无为就能悠然自得。
听说赤松贤人轻尘脱俗啊，
我愿意接受他留下的告诫。
珍视仙人的美德啊，
赞美他们能从人世间飞升成仙。
随他们一起羽化飞天而不被常人发现啊，
美好的名声彰著可日益扩大。
我为傅说升天托于东方七星宿而感到惊奇啊，
又羡慕韩众终于能够得到纯真之道。
形体寂静就会渐渐远离尘世啊，

离开了尘世就能够得以解脱自己隐遁起来。
依靠精气的变化就可高飞上天啊，
也能够迅速奔跑起来宛如地上的鬼怪。
这是仿佛远远地呈现出天边美景啊，
那精气清清白白地在天际间来来往往。
超越尘俗就会变得特别美好啊，
终究不会再返回污秽之旧地。
这样就避免受到小人的迫害而变得无所畏惧啊，
世俗之人哪里会知道我的去所。
担心四季的更迭啊，
太阳的光芒照亮我西行的路。
薄霜来临草木开始零落啊，
我哀悼美好的芳草总是最先凋谢。
姑且游荡着保持怡然自得啊，
经历多年修炼而最终一事无成。
谁能与我一起欣赏美好的芳草啊，

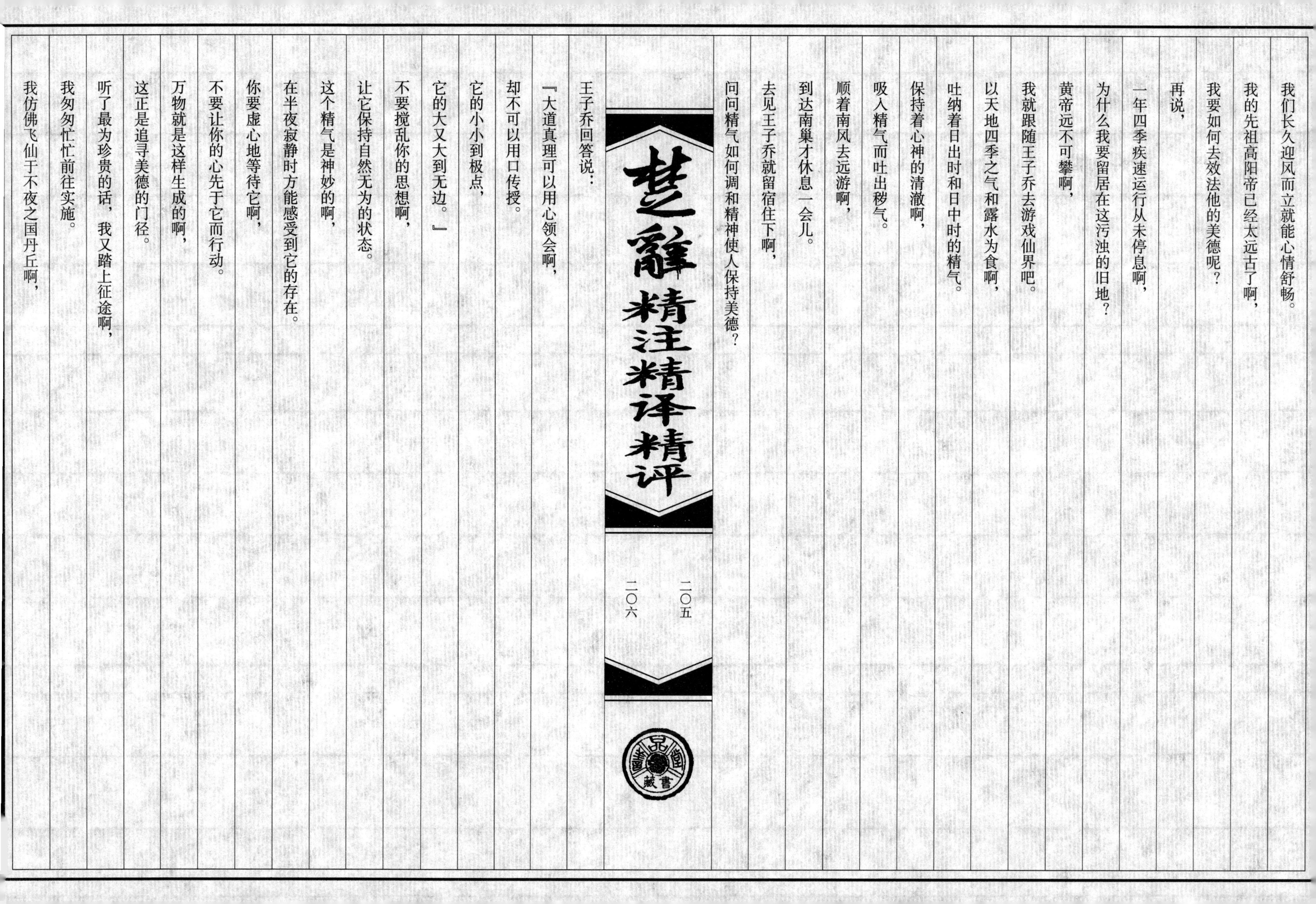

我们长久迎风而立就能心情舒畅。
我的先祖高阳帝已经太远古了啊，
我要如何去效法他的美德呢？
再说，
一年四季疾速运行从未停息啊，
为什么我要留居在这污浊的旧地？
黄帝远不可攀啊，
我就跟随王子乔去游戏仙界吧。
以天地四季之气和露水为食啊，
吐纳着日出时和日中时的精气。
保持着心神的清澈啊，
吸入精气而吐出秽气。
顺着南风去远游啊，
到达南巢才休息一会儿。
去见王子乔就留宿住下啊，
问问精气如何调和精神使人保持美德？

王子乔回答说：
『大道真理可以用心领会啊，
却不可以用口传授。
它的小小到极点，
它的大又大到无边。』
不要搅乱你的思想啊，
让它保持自然无为的状态。
这个精气是神妙的啊，
在半夜寂静时方能感受到它的存在。
你要虚心地等待它啊，
不要让你的心先于它而行动。
万物就是这样生成的啊，
这正是追寻美德的门径。
听了最为珍贵的话，我又踏上征途啊，
我匆匆忙忙前往实施。
我仿佛飞仙于不夜之国丹丘啊，

留在了仙人居住的不死之乡。
早晨我在汤谷洗发啊，
晚上我在九阳沐浴。
我嘴里喝着飞泉的琼液啊，
怀中抱着琬琰的美玉。
我玉色满面光彩照人啊，
灵魂圣洁又开始少壮起来。
我脱胎换骨而轻柔美好啊，
精神充沛而自由奔放。
我赞美南方阳光充足啊，
我赞美桂树在冬天仍然保持常青。
山岭保持虚静而没有野兽侵扰啊，
原野保持寂静而没有人打扰。
精神抖擞就能乘上朝霞啊，
超越浮云就能向天上远行。
我命令把守天门的天官快开门啊，

天官推开了天门，迎我进去。
我向云神招手示意让他为我带路啊，
去访问太微星的住所。
停留九天之上而进入了帝宫啊，
造访太白星而去观光天帝居住的清都宫。
早晨从帝庭太仪出发啊，
晚上就到了微闾神山。
聚集起几万辆车啊，
让车辆并驾齐驱踏上征程。
驾着八龙车慢慢而行啊，
车上的云旗自由飘扬。
旗杆上竖着雄虹的五彩旄头啊，
那五彩交相辉映多么耀眼。
中间驾辕的两马矫健而高低不同啊，
那左右两旁的马钩蹄怒踏十分桀骜。
车骑并行互相纠缠而杂乱啊，

车队人众绵延不断并行在路上。
备好我的缰绳，握正鞭子啊，
我将经过东方木神的身旁。
经过东帝太皞处就向右转啊，
前面的飞廉前来引路。
阳光初射还是不够明亮啊，
越过天池就直往渡口。
风伯开始为我开路啊，
尘埃尽扫令人倍觉清爽宜人。
凤凰张开双翅托起铃旗啊，
遇上了西方之帝少昊。
手持彗星来作铃旗啊，
举起北斗星的长柄做指麾。
那旗帜五光十色上下飞扬啊，
那云雾如同流水波涛般翻腾。
日光昏暗而朦胧不清啊，

楚辭 精注精译精评

招来玄武星在前面奔走联络。
后面的文昌星掌管随行人员啊，
又选派了众多神仙一同前往。
道路漫长又遥远啊，
缓缓而行停鞭指向高远处前进。
左有雨师作侍从啊，
右有雷神作护卫。
我想要超脱尘世、忘记回归啊，
放任自我就自以为是。
心中欣喜就自我赞美啊，
姑且快快乐乐来求得自己身心的欢愉。
渡着青云任意遨游啊，
忽然俯视看见了我的故乡。
仆夫有怀恋之情，我的心也悲伤起来啊，
左右的马也回头不肯继续前行。
思乡之情可想而知啊，

叹息不禁掩面流涕。
游着从容飞向远方啊，
姑且控制自己的心情平静下来。
朝着南方奔驰啊，
我要去南方的九嶷山。
游览世外的缥缈之处啊，
像置身在汪洋中漂泊不定。
祝融在前面警戒而掉转了行车的方向啊，
飞速传告鸾鸟去迎接洛神宓妃。
陈设尧乐《咸池》，又奏起颛顼之乐《承云》啊，
娥皇女英二人前来演奏舜乐《九韶》。
叫来湘水之神来鼓瑟啊，
命令海神与河伯冯夷合舞。
黑龙和罔象一同演出啊，
他们盘曲着身子彼此相随。
彩虹轻巧地层层缠绕啊，
鸾鸟高高地盘空飞行。
音乐旋律宏大还没有结束啊，
我要离开前往四周看看。
我放松缰绳让马儿奔驰啊，
来到天边的北极寒门。
在清源我超过了疾风，
跟从颛顼来到冰雪大地。
经过北方玄冥的小路啊，
我登上天间地维回头一顾。
召唤造化之神黔嬴而与他相见啊，
他做我的先驱为我铺平前方的路。
我在四方观光啊，
我在六合周游。
往上我到了电神列缺的居所啊，
往下我看到了渤海之东的无底大壑。

我的头顶空阔好像没有了天。
我的眼睛忽然看不见啊，
我的耳朵好像听不清。
超越了无为和至清的境界啊，
我与宇宙万物的原始泰初成了邻居。

评点 本篇系屈原所作。据王逸《楚辞章句》考辨说：「远游者，屈原之所作也。屈原履方直之行，不容于世。上为谗佞所谮毁，下为俗人所困极，章皇山泽，无所告诉。乃深惟元一，修执恬漠。思欲济世，则意中愤然，文采铺发，遂叙妙思，托配仙人，与俱游戏，周历天地，无所不到。然犹怀念楚国，思慕旧故，忠信之笃，仁义之厚也。是以君子珍重其志，而玮其辞焉。」屈原在《惜诵》末句讲「愿曾思而远身。」这个「远身」就是本诗《远游》之题意。《远游》是接着《惜诵》写作的，一开头就提出「悲时俗之迫阨兮，愿轻举而远游。」这个「远游」就是出游，使自己远离是非之地，免遭「时俗」的迫害。所以这种远游只是为了躲开一时的政治迫害，并非道家的归隐，何况屈原在远游过程中一直忧国忧民，希望有朝一日重返政治舞台，为国效力。《远游》并不是宣扬道家神仙思想和出世思想。我们知道，屈原与道家伟大思想家庄周（约公元前369年—公元前286年）同是楚国人，又都生活在战国晚期，基本上是同时代的人物（庄周比屈原大27岁，两人卒年仅差8年），楚国是古代巫仙文化的发源地，以神仙神话为材料进行创作是楚文化的一个传统和特征，也是楚国民俗的反映。屈原的文学创作和庄周的哲学创作都用了同一时代楚国民俗文化中常见的巫仙神话材料就不足为奇了。明乎此，我们就不会武断地将《远游》定为道家方士之作了。晚清著名学者黎庶昌在为郑知同的《楚辞考辨》写《后识》时指出：「惟《远游》一篇余意终以朱子定为屈氏文者为当。何者？《远游》文辞瑰放，气象超举，计非宋、景以下诸家所能为。……且《远游》语句颇与《离骚》出入。」（见《郑知同楚辞考辨手稿校注》，贵州人民出版社2004年版，第5页）这是正确的观点。

卜居

屈原既放，三年不得复见，竭知尽忠，而蔽鄣于谗，心烦虑乱，不知所从。乃往见太卜郑詹尹，曰：『余有所疑，愿因先生决之。』

詹尹乃端策拂龟曰：『君将何以教之？』

屈原曰：『吾宁悃悃欵欵，朴以忠乎？将送往劳来，斯无穷乎？宁诛锄草茅，以力耕乎？将游大人，以成名乎？宁正言不讳，以危身乎？将从俗富贵，以媮生乎？宁超然高举，以保真乎？将哫訾栗斯，喔咿嚅儿，以事妇人乎？宁廉洁正直，以自清乎？将突梯滑稽，如脂如韦，以絜楹乎？宁昂昂若千里之驹乎？将氾氾若水中之凫乎？与波上下，偷以全吾躯乎？宁与骐骥亢轭乎？将随驽马之迹乎？宁与黄鹄比翼乎？将兴鸡鹜争食乎？此孰吉孰凶？何去何从？世溷浊而不清：蝉翼为重，千钧为轻；黄钟毁弃，瓦釜雷鸣；谗人高张，贤士无名。吁嗟默默兮，谁知吾之廉贞？』

詹尹乃释策而谢曰：『夫尺有所短，寸有所长，物有所不足，智有所不明，数有所不逮，神有所不通，用君之心，行君之意。龟策诚不能知事。』

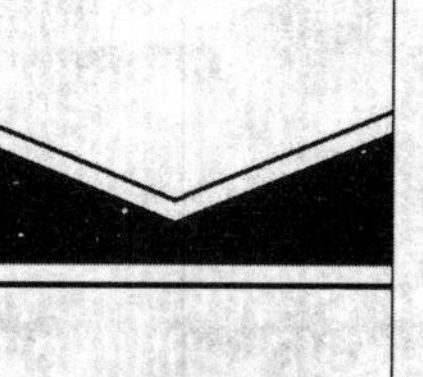

注释

卜居：卜，问卦。居，处世的态度。卜居，是古代通过问卦来决定自己的生产、生活行为和处世态度。有人怀疑《卜居》的作者并非屈原，但缺乏充足的证据。陈子展《楚辞直解》有详论，可参考。本篇借卜居的形式淋漓尽致地表现了作者愤世嫉俗的思想感情。这种思想感情与《离骚》是一致的。王逸《楚辞章句》考辨说：『《卜居》者，屈原之所作也。屈原体忠贞之性，（体，一作履。性，一作节。）而见嫉妒。念谗佞之臣，承君顺非，而蒙富贵。己执（一作独。）忠直而身放弃，心迷意惑，不知所为。乃往至太卜之家，稽问神明，决之蓍龟，卜己居世何所宜行，冀闻异策，（闻，一作审。异，一作要。）以定嫌疑。故曰《卜居》也。』

三年：放逐已经三年。

复见：与楚王再见。

蔽鄣：阻碍、陷害的意思。鄣，同『障』。

虑：意。

太卜：古时掌管国家卜筮的官。

郑詹伊：太卜的姓名。

因：依靠、请教。

端策：把蓍（shī诗）草放端正。策，蓍，占卜的工具。

拂龟：拂去龟壳上的尘土。龟，龟壳，占卜工具。

教：见教，这里是谦词。

宁：应该。

悃（kǔn捆）悃欵欵：恳切。悃，真心实意。欵，『款』的异体字，诚，恳切。

朴：质朴。

絜（xié胁）楹：测量屋柱大小，顺圆柱而转，意为圆滑。絜，度量。楹，圆柱。

昂昂：昂首挺胸、堂堂正正的样子。

氾氾：即『泛泛』，浮游不定的样子。

凫（fú服）：水鸟。

与波上下：随波逐流。

偷：苟且偷生。

全吾躯：保全自己。

亢轭：并驾齐驱。

鹄（hú乎）：天鹅。

吉：好。

凶：不好。

溷：同『混』。

钧：古代度量单位，三十斤为一钧。

黄钟：青铜编钟。

瓦釜：瓦罐。

高张：得势。

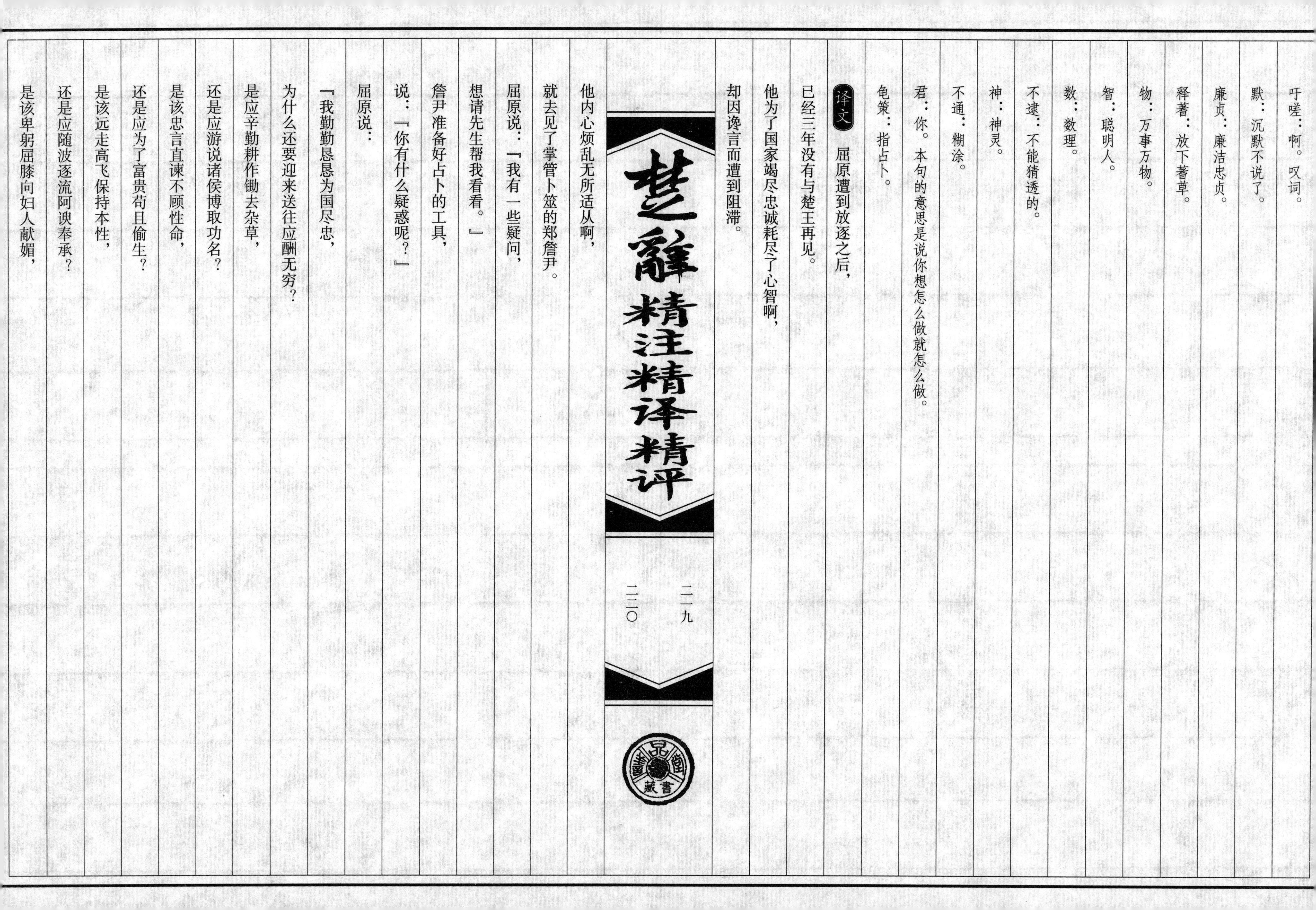

吁嗟：啊。叹词。
默：沉默不说了。
廉贞：廉洁忠贞。
释蓍：放下蓍草。
物：万事万物。
智：聪明人。
数：数理。
不逮：不能猜透的。
神：神灵。
不通：糊涂。
君：你。本句的意思是说你想怎么做就怎么做。
龟策：指占卜。

译文 屈原遭到放逐之后，
已经三年没有与楚王再见。
他为了国家竭尽忠诚耗尽了心智啊，
却因谗言而遭到阻滞。

他内心烦乱无所适从啊，
就去见了掌管卜筮的郑詹尹。
屈原说：『我有一些疑问，
想请先生帮我看看。』
詹尹准备好占卜的工具，
说：『你有什么疑惑呢？』
屈原说：
『我勤勤恳恳为国尽忠，
为什么还要迎来送往应酬无穷？
是应辛勤耕作锄去杂草，
还是应游说诸侯博取功名？
是该忠言直谏不顾性命，
还是应为了富贵苟且偷生？
是该远走高飞保持本性，
还是应随波逐流阿谀奉承？
是该卑躬屈膝向妇人献媚，

还是应保持廉洁清白做人。
是要像油脂和牛皮一样柔软，
圆滑处世呢？
还是要像千里马一样昂首挺胸？
是要像水中的鸟漂浮不定，
随波逐流来保全自己呢？
是要与骏马并驾齐驱？
还是要跟随劣马的足迹？
是要与天鹅在长空比赛翅膀？
还是要与鸡鸭为了争食斗气？
这到底何吉何凶，
我应该如何是好？
时世浑浊不清，
误认为蝉翼是重的、千钧是轻的，
青铜编钟被毁坏废弃，
却把瓦片作为乐器击打。

谗人得道好人被埋没，
我真的要保持缄默了，
又有谁能了解我的廉洁忠贞。」
詹尹放下蓍草谢绝我，
说：『像尺有所短寸有所长一样，
任何事物都有缺点，
再聪明的人也有不能明白的道理，
也有数理参详不透。
神灵有时也会糊涂。
按照你的心和你的想法去行事，
占卜实在解决不了你的问题。」

评点 有人怀疑《卜居》的作者并非屈原，但缺乏充足的证据。陈子展《楚辞直解》有详论，可参考。本篇借卜居的形式淋漓尽致地表现了作者愤世嫉俗的思想感情。这种思想感情与《离骚》是一致的。王逸《楚辞章句》考辨说：『《卜居》者，屈原之所作也。屈原体忠贞之性，体，一作履。性，一作节。而见嫉妒。念谗佞之臣，承君顺非，而蒙富贵。已执一作独。忠直而身放弃，心迷意惑，不知所为。乃往至太卜之家，稽问神明，决之蓍龟，卜已居世何所宜行，冀闻异策，闻，一作审。异，一作要。以定嫌疑。故曰《卜居》也。」

渔父

屈原既放，游于江潭，行吟泽畔，颜色憔悴，形容枯槁。

渔父见而问之曰：『子非三闾大夫与？何故至于斯！』

屈原曰：『举世皆浊我独清，众人皆醉我独醒，是以见放！』

渔父曰：『圣人不凝滞于物，而能与世推移。世人皆浊，何不淈其泥而扬其波？众人皆醉，何不餔其糟而歠其釃？何故深思高举，自令放为？』

屈原曰：『吾闻之，新沐者必弹冠，新浴者必振衣；安能以身之察察，受物之汶汶者乎！宁赴湘流，葬于江鱼之腹中。安能以皓皓之白，而蒙世俗之尘埃乎！』

渔父莞尔而笑，鼓枻而去，歌曰：『沧浪之水清兮，可以濯吾缨。沧浪之水浊兮，可以濯吾足。』

遂去，不复与言。

注释

放：被放逐。王逸《楚辞章句》分析说：『身斥逐也。』

江潭：江边深水处。这里作『潭之滨』。王逸《楚辞章句》分析说：『戏水侧也。』

行吟：边走边吟唱。王逸《楚辞章句》分析说：『履荆棘也。』

枯槁：枯瘦。王逸《楚辞章句》分析说：『癯瘦瘠也。』

渔父：渔翁。父，古代对老年男子的尊称。王逸《楚辞章句》分析说：『怪屈原也。』

三闾大夫：屈原曾任的官职，这里指屈原。王逸《楚辞章句》分析说：『本其故官。《史记》与作欤。』

浊、清：喻指品德行为。王逸《楚辞章句》分析说：『众贪鄙也。一作世人皆浊，《史记》作举世混浊而我独清，众人皆醉而我独醒。忠洁己也。』

醉、醒：比喻能力。

见放：流放。王逸《楚辞章句》分析说：『弃草野也。一本此句末有尔字。』

凝滞于物：不固执于任何具体事物。王逸《楚辞章句》分析说：『不困辱其身也。《史记》云夫圣人者，一本物上有万字。』

与世推移：随世道变化，随波逐流。王逸《楚辞章句》分析说：『随俗方圆。』

淈（gǔ古）：搅浑。推波助浪、浑水摸鱼的意思。

餔（bǔ补）：吃。

糟：酒渣。

歠（chuò绰）：饮。王逸《楚辞章句》分析说：『从其俗也。食其禄也。』

釃（lì厉）：淡酒。

深思：忧国忧民。即『独醒』。

高举：举止清高。即『独清』。王逸《楚辞章句》分析说：『独行忠直。』

自令：自己造成的。本句的意思是被流放自作自受。王逸《楚辞章句》分析说：「远在他域。《史记》作何故怀瑾握瑜而自令见放为。」

新：刚。

沐：洗头。王逸《楚辞章句》分析说：「拂土坌也。」《荀子》说：「新浴者振其衣，新浴者弹其冠，人之情也。其谁能以己之憔憔，受人之掝掝者哉。」

察察：干净洁白。指自己品行纯净。王逸《楚辞章句》分析说：「已清洁也。」

受物：受污秽之物。

汶汶：玷污。王逸《楚辞章句》分析说：「蒙垢尘也。」

赴：投入。王逸《楚辞章句》分析说：「自沉渊也。《史记》作常流。」

皓皓：皎皎。

莞尔：微笑的样子。

鼓枻（yì宜）：敲着桨。

沧浪：水名，汉水支流。王逸《楚辞章句》分析说：「喻世昭明。」

濯（zhuó卓）：洗。

缨（yīng应）：古时系帽的带子。王逸《楚辞章句》分析说：「沐浴升朝廷也。」

译文

屈原遭到放逐以后，在沅水江边游荡。在江旁边走边唱，身体衰弱面目憔悴。

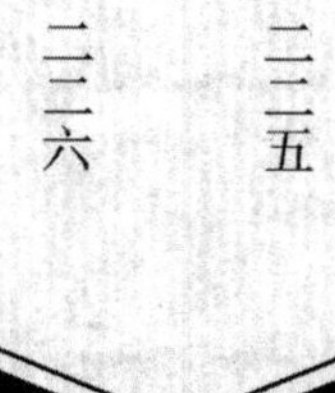

渔翁看见他问道：「这不是三闾大夫吗？怎么落到了这般田地？」

屈原回答说：「因为时世浑浊我却干净，因为众人都醉了只我一人清醒，因此遭到了放逐。」

渔翁说：「聪明人不会为任何事物所限制，他会随波逐流。既然时世浑浊，那为什么不搅乱泥水推波助澜？众人都喝醉了，为什么不吃酒渣痛快畅饮呢？为什么要清高超脱，使自己被放逐呢？」

屈原说：「我听说刚洗过头发的人一定会弹落帽子上的尘土，刚刚沐浴过的人一定会抖去衣服上的灰尘。我又怎么能让自己的清白之躯，被污浊的外物污染呢？我宁愿自沉湘江，葬身鱼腹，怎能让纯净的洁白，蒙受世俗的灰尘污染呢？」

渔翁微微一笑，划船而去。边走边唱道：「沧浪的水清啊，可以洗我的头巾。沧浪的水浑浊啊，可以洗我的脚。」

接着就划船而去，不再与屈原说话。

评点

本篇的作者，有人说不是屈原，但所论证据皆不足。我们认为《渔父》是屈原以第三人称创作的一首短小而优美的散文诗。他通过渔父与屈原的简单对话，充分表现了屈原坚持真理、愤世嫉俗，宁以死守节，也不与世俗同流合污的人生观。王逸《楚辞章句》考辨说：「《渔父》者，屈原之所作也。屈原放逐，在江、湘之闲，忧愁叹吟，仪容变易。而渔父避世隐身，钓鱼江滨，欣然自乐。时遇屈原川泽之域，怪而问之，遂相应答。楚人思念屈原，因叙其辞以相传焉。《卜居》、《渔父》，皆假设问答以寄意耳。而太史公《屈原传》、刘向《新序》、嵇康《高士传》或采《楚词》、《庄子》渔父之言以为实录，非也。」

思美人

思美人兮，擥涕而伫眙。
媒绝路阻兮，言不可结而诒。
蹇蹇之烦冤兮，陷滞而不发。
申旦以舒中情兮，志沈菀而莫达。
愿寄言于浮云兮，遇丰隆而不将。
因归鸟而致辞兮，羌迅高而难当。
高辛之灵盛兮，遭玄鸟而致诒。
欲变节以从俗兮，媿易初而屈志。
独历年而离愍兮，羌凭心犹未化。
宁隐闵而寿考兮，何变易之可为。

注释

擥：擦干的意思。

伫眙（zhù yí 注一）：久立盼望。王逸《楚辞章句》分析说：「伫立悲哀，涕交横也。」

诒（yí 宜）：同「贻」，赠送、送给的意思。王逸《楚辞章句》分析说：「秘密之语难传诵也。」

蹇蹇：同「謇謇」，忠直敢言的样子。

之烦冤：带来烦恼和冤枉。王逸《楚辞章句》分析说：「忠谋盘纡，气盈胸也。」

陷滞：愁思郁结心中。

不发：无法抒发。王逸《楚辞章句》分析说：「含辞郁结，不得扬也。」

申旦：一天到晚。申，至。旦，晨。王逸《楚辞章句》分析说：「诚欲日日陈己心也。」

沈菀（chén wǎn 沉晚）：沉闷郁结。沈，通「沉」。菀，草木茂盛的意思，引申为积结。王逸《楚辞章句》分析说：「思念沈积，不得通也。」

丰隆：云神。

不将：不肯、不听我的。王逸《楚辞章句》分析说：「云师径游，不我听也。」

因：托。

归鸟：回郢都的鸟。

致辞：捎话、捎信。王逸《楚辞章句》分析说：「思附鸿雁，达中情也。」

羌：发语助词，楚地方言。

迅高：意思是归鸟飞得又快又高难以把信交给它。王逸《楚辞章句》分析说：「飞集山林，道径异也。一云羌迅高而难寓。」

高辛：人名。即帝喾。《史记》载：「帝喾高辛者，黄帝之曾孙。」

灵盛：神灵德盛。王逸《楚辞章句》分析说：「帝喾之德茂神灵也。」

遭：遇到。

致诒：送去礼品。王逸《楚辞章句》分析说：「喾妃吞燕卵以生契也。言殷契合神灵之祥知而生，于是性有仁贤，为尧三公。屈原亦得天地正气而生，自伤不遭圣主而遇乱世也。」可备一说。

屈志：委屈意志，改变意志。王逸《楚辞章句》考辨说：「惭耻本行，中回倾也。」

独：我。

离愍：遭受忧患。王逸《楚辞章句》考辨说：「修德累岁，身疲病也。」

凭心：愤懑之心。王逸《楚辞章句》考辨说：「愤懑守节，不易性也。」

未化：未消。

隐闵：把苦恼埋在心里。闵，同「悯」，忧愁、苦恼的意思。

寿考：寿终、终身。王逸《楚辞章句》分析说：「怀智佯愚，终寿考也。」

变易：改变我的初衷。王逸《楚辞章句》分析说：「心不改更，死忠正也。一云何变初而可为。」

知前辙之不遂兮，未改此度。
车既覆而马颠兮，蹇独怀此异路。
勒骐骥而更驾兮，造父为我操之。
迁逡次而勿驱兮，聊假日以须旹。
指嶓冢之西隈兮，与纁黄以为期。

注释

前辙：指过去的忠臣，如比干、梅伯、伍子胥等。

不遂：不顺利。意即被杀害。王逸《楚辞章句》分析说：「比干、子胥，蒙祸患也。」

蹇独：正直的我。蹇，通「謇」，忠正的意思。王逸《楚辞章句》分析说：「遭逢艰难，思忠臣也。」

怀此：还是坚持。

更驾：重新驾起。王逸《楚辞章句》分析说：「举用才德，任俊贤也。」

造父：人名。传说是周穆王时期的驾车能手。

操之：驾驭马车。王逸《楚辞章句》分析说：「御民以道，须明君也。」

迁：前进。

逡（qūn群）次：徘徊不前的意思。逡，退。

勿驱：不要快跑。王逸《楚辞章句》分析说：「使臣以礼，得中和也。」洪兴祖《楚辞补注》指出：「迁逡，犹逡巡，行不进貌。再信为宿，过信为次。」

假日：花些时日。

须旹（shí时）：等待时机。旹，古「时」字。王逸《楚辞章句》分析说：「期月考功，知德化也。」

嶓冢（bō zhǒng播种）：古山名，在今甘肃省成县东北。

西隈（wēi微）：西边走。隈，山、水等弯曲的地方。王逸《楚辞章句》分析说：「泽流山野，被流沙也。嶓冢，山名。《尚书》：嶓冢导漾。隈，一作隅。」

与：等到。

纁（xūn 勋）黄：黄昏。纁，浅红色，日落时的余光。

为期：停下休息。王逸《楚辞章句》分析说：『待闲静时，与贤谋也。纁黄，盖黄昏时也。纁，一作昏。』

开春发岁兮，白日出之悠悠。
吾将荡志而愉乐兮，遵江夏以娱忧。
擥大薄之芳茝兮，搴长洲之宿莽。
惜吾不及古人兮，吾谁与玩此芳草。
解萹薄与杂菜兮，备以为交佩。
佩缤纷以缭转兮，遂萎绝而离异。
吾且儃佪以娱忧兮，观南人之变态。
窃快在其中心兮，扬厥凭而不俟。

注释

开春：春天来临。

发岁：新的一年开始了。王逸《楚辞章句》分析说：『承阳施惠，养百姓也。』

白日：太阳。

出之：从东方升起。

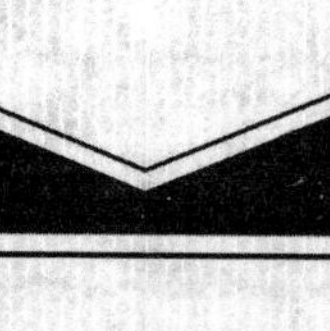

悠悠：冉冉升起的样子。王逸《楚辞章句》分析说：『君政温仁，体光明也。』

荡志：放松思想。荡，涤荡忧愁、放松的意思。王逸《楚辞章句》分析说：『涤我忧愁，弘佚豫也。』

遵：沿着。王逸《楚辞章句》分析说：『循雨水涯，以娱志也。』

擥：采。

大薄：野草丛中。薄，草木交错。

芳茝（chǎi 柴）：香草名。王逸《楚辞章句》分析说：『欲援芳茝，以为佩也。』

搴（qiān 遣）：拔。

宿莽：香草名。王逸《楚辞章句》分析说：『采取香草，用饰己也。楚人名冬生草曰宿莽。』

不及古人：未赶上古代贤人。

玩：欣赏的意思。王逸《楚辞章句》分析说：『谁与竭节，尽忠厚也。此一作斯。』闻一多《楚辞校补》据《哀时命》『谁可与玩斯遗芳』，校改芳草作遗芳。其说可作参考。

解：拔起。

萹（biǎn 扁）：野草名。

杂菜：参杂香菜。菜，即草。

备：备置。

交佩：配合、佩戴。王逸《楚辞章句》分析说：『交，合也。言已解折萹蓄，杂以香菜，合而佩之，言修饰弥盛也。』

备，一作修。」

缤纷、缭转：言佩之多且美。王逸《楚辞章句》分析说：「德行纯美，能绝异也。」

遂：但不久。

萎绝：枯萎凋谢。

离异：败坏。王逸《楚辞章句》分析说：「终以放斥，而见疑也。」

儃（chán 逸）佪：徘徊。

娱忧：消愁。王逸《楚辞章句》分析说：「聊且游戏，乐所志也。」

南人：南方人，指长江、夏水沿岸的人。

变态：指使作者感到新奇的当地民俗。王逸《楚辞章句》分析说：「览察楚俗，化改易也。」《闻校补》谓南人当作南夷之讹。

窃快：暗暗地高兴。王逸《楚辞章句》考辨说：「私怀侥幸，而欣喜也。一无「在」字。一云：吾窃快在其中心兮。一无「吾」字。」

扬：抛开。

厥凭：那些愤懑的情绪。厥，他的，那些。

俟（sì）思：等待。本句的意思是一时把各种愁愤都抛在脑后。王逸《楚辞章句》分析说：「思舒愤懑，无所待也。」

芳与泽其杂糅兮，羌芳华自中出。
纷郁郁其远承兮，满内而外扬。
情与质信可保兮，羌居蔽而闻章。
令薜荔以为理兮，惮举趾而缘木。
因芙蓉而为媒兮，惮褰裳而濡足。
登高吾不说兮，入下吾不能。
固朕形之不服兮，然容与而狐疑。
广遂前画兮，未改此度也。
命则处幽吾将罢兮，愿及白日之未暮。
独茕茕而南行兮，思彭咸之故也。

芳：香花。

泽：泥泽，污秽。

自中出：言花香从污秽中盈出。王逸《楚辞章句》分析说：「生含天姿，不外受也。」

纷郁郁：形容花香浓烈。

承：同「蒸」，散发的意思。王逸《楚辞章句》分析说：「法度文辞，行四海也。一云：行度文辞，流四海也。承，一作蒸。」

情：外表。

质：内在美德。

信：真。

可保：美好。王逸《楚辞章句》分析说：「言行相副，无表里也。」

居蔽：处境恶劣。

闻：名声。

章：同「彰」，显著。王逸《楚辞章句》分析说：「虽在山泽，名宣布也。」

为理：作媒介。王逸《楚辞章句》分析说：「意欲升高，事贵戚也。」

惮（dàn但）：害怕。这里是不愿的意思。

缘木：爬树。意思是爬树去摘。

因：想请。

芙蓉：荷花。王逸《楚辞章句》分析说：「意欲下求，从风俗也。」

搴裳：提起衣裳。

濡（rú如）足：浸湿脚，弄脏脚。王逸《楚辞章句》分析说：「又恐污泥，被垢浊也。」

登高：上树摘取薜荔。

说：同「悦」，喜欢。王逸《楚辞章句》分析说：「事上得位，我不好也。」

入下：下水采集荷花。王逸《楚辞章句》分析说：「随俗显荣，非所乐也。」

固：这样做。

朕行：我的习惯、我的作风。

不服：不合。王逸《楚辞章句》分析说：「我性婞直，不曲挠也。」

容与、狐疑：犹豫不决。

广：完全。

遂：实现。

前画：从前的计划、打算。王逸《楚辞章句》分析说：「恢廓仁义，弘圣道也。」

未改：不会改变。

此度：这种态度。王逸《楚辞章句》分析说：「心终不变，内自守也。」

命则处幽：命该受难。则，该的意思。

吾将罢：我也没有办法。王逸《楚辞章句》分析说：「受禄当穷，身劳苦也。」刘梦鹏谓「罢读作疲」。

愿：乘。

白日：太阳。

未暮：未落。王逸《楚辞章句》分析说：「思得进用，先年老也。」

茕茕（qióng穷）：孤独无依的样子。

译文

想念美人啊，
擦干眼泪我举目凝望。
没有媒人说合道路又不通畅，
心中的话不能对你言讲。
直言进谏的烦恼哀伤，
愁思郁结在心无所抒发。
每天都想陈述自己的一片衷情啊，
内心忧烦难以言表。
想让浮云替我传话吧，
云神丰隆却不答应。
想托回郢都的鸟来捎信吧，
鸟儿飞得太高难以接近。
我不像高辛有众多神灵相助啊，
能够遇到燕子为他去送礼品。
想改变志向从俗随大流吧，
又觉得变心从俗有违本心。

一个人多年遭受苦痛啊，
忧愤之情还没有化解。
宁愿终身忍受失意之苦啊，
改变节操断不能为。
明知前方路途不顺啊，
我也不会改变行进的方向。
即使车翻马倒，
还要继续走这与众各异之路。
套上骏马重新驾起车，
赶车能手造父当我的司机。
慢慢前进不必着急啊，
暂且假以时日等待良机。
向着嶓冢山的西方行进啊，
到了日落时分再停下休息。
春天来临一年开始啊，
太阳慢慢从东方升起。

我要放松身心尽情欢娱啊，
沿着长江下水排解心中的抑郁。
采集野草丛中的芳茝啊，
摘取长洲之上的宿莽。
可惜我和先贤不同世啊，
没有人与我一起把玩着芳香的花草。
拔起萹蓄和香菜啊，
把它们准备好以便佩戴。
它们的缤纷只是一时的美丽啊，
过不了多长时间就会枯萎衰败。
我姑且在此徘徊解忧啊，
观察一下南方人的异态。
看到他们心中窃喜啊，
把烦恼抛开不再等待。
芳草和污秽混在一起，
花香还是会从中飘散出来。

香气浓郁四处弥漫啊，
花香飘满里外各个地方。
只要内心确实美好啊，
即使身处偏远之地声名也会远播四方。
让薜荔为我引荐吧，
我又害怕抬脚爬树。
让芙蓉来做介绍吧，
又怕弄脏衣服沾湿脚。
登高爬树我不愿意啊，
下水采荷我又没有那个本领。
这样做不符合我的习惯，
我犹犹豫豫进退两难。
完全实现之前的计划啊，
这种态度绝对不会改变。
命该身处偏僻之地，我也会忍受啊，
要抓住夕阳西下的时间。

我形影相吊向南行进啊，
想着贤人彭咸的最后归宿。

评点 这是《九章》中的一篇。思念楚怀王。美人，指楚怀王。表达了诗人希望楚怀王能改变看法，重新启用自己的想法，以及目的不达，修身报国之志不改的决心。王逸《楚辞章句》分析说：『言己忧思念怀王也。』又说：『此章言己思念其君，不能自达，然反观初志，不可变易，益自修饬，死而后已也。』

涉江

余幼好此奇服兮，年既老而不衰。
带长铗之陆离兮，冠切云之崔嵬。
被明月兮珮宝璐，世溷浊而莫余知兮。
吾方高驰而不顾，驾青虬兮骖白螭。

注释 涉江：《九章》中的一篇。涉江，渡江。这里指渡江南行。

幼好：从小爱好。

奇服：奇丽的服饰。奇，异。比喻好的道德品质和学术修养。王逸《楚辞章句》考辨说：『奇，异也。或曰：奇服，好服也。』

不衰：不变。衰，懈。王逸《楚辞章句》分析说：『衰，懈也。言己少好奇伟之服，履忠直之行，至老不懈。』《文选》五臣注：『衰，退也。虽年老而此心不退。』

带：佩。

铗（jiá夹）：剑柄，这里用剑柄代指剑。王逸《楚辞章句》分析说：『长铗，剑名也。其所握长剑，楚人名曰长铗也。』

陆离：光彩陆离。《文选》五臣注：『陆离，剑低昂貌。』

冠：帽子。

切云：上触云霄。形容帽子很高。

崔嵬（wéi 惟）：高耸的样子。王逸《楚辞章句》分析说：「崔嵬，高貌也。已内修忠信之志，外带长利之剑，戴崔嵬之冠，其高切青云也。」

被：披带。

明月：珍珠名，即夜明珠。

璐：美玉。王逸《楚辞章句》分析说：「在背曰被。宝璐，美玉也。言己背被明月之珠，要佩美玉，德宝兼备，行度清白也。佩，一作佩。」《文选》五臣注考辨说：「被，犹服也。明月，珠名。」

溷：乱。

浊：贪。

方：将。

莫余知：即莫知余，没有人了解我。

高驰：远走高飞。

不顾：不回头。王逸《楚辞章句》分析说：「言时世贪乱，遭君蔽暗，无有知我之贤，然犹高行抗志，终不回曲也。一本句末有『兮』字。」《文选》五臣注考辨说：「言我冠带佩服，莫不盛美，加之忠信贞洁，而遭世溷浊，无相知者。顾世上如此，故高驰不顾，愿驾虬螭而远去也。」

虬（qiú 求）：传虬、螭，神兽，宜于驾乘。以喻贤人清白宜可信任也。《文选》五臣注考辨说：「虬、螭皆龙类。」

骖（cān 参）：古代一车驾四马，中间的两匹称服，外边的两匹称骖。这里做动词用，意思是将白骖驾于车前两边。

螭（chī 吃）：传说中的无角龙。

吾与重华游兮瑶之圃，登昆仑兮食玉英。

与天地兮同寿，与日月兮齐光。

哀南夷之莫吾知兮，旦余济乎江湘。

乘鄂渚而反顾兮，欸秋冬之绪风。

步余马兮山皋，邸余车兮方林。

乘舲船余上沅兮，齐吴榜以击汰。

船容与而不进兮，淹回水而凝滞。

朝发枉渚兮，夕宿辰阳。

苟余心其端直兮，虽僻远之何伤！

入溆浦余儃佪兮，迷不知吾所如。

深林杳以冥冥兮，猿狖之所居。

山峻高以蔽日兮，下幽晦以多雨。

霰雪纷其无垠兮，云霏霏而承宇。

哀吾生之无乐兮，幽独处乎山中。

吾不能变心而从俗兮，固将愁苦而终穷。

注释

重华：传说是古帝虞舜的名字。王逸《楚辞章句》考辨说：『重华，舜名也。』

瑶之圃：美玉的园地。传说古代昆仑产美玉，是上帝的花园。瑶，美玉。圃，花园。王逸《楚辞章句》分析说：『瑶，玉也。圃，园也。言己侍虞舜游玉园，犹言遇圣帝升清朝也。』

玉英：美玉的花朵。《文选》五臣考辨说：『瑶圃，玉英，皆美言之。』

同寿：寿命一样长。王逸《楚辞章句》分析说：『言己年与天地相敝，名与日月同耀。一云：同寿齐光。一云：比寿齐光。』《文选》五臣考辨说：『言若得值于此时，而我年德冀如是也。』

南夷：古时指南方未开化的少数民族。王逸《楚辞章句》分析说：『屈原怨毒楚俗，嫉害忠贞，乃曰哀哉南夷之人，无知我贤也。』

旦：清晨。

济：渡。王逸《楚辞章句》分析说：『旦，明也。济，渡也。言己放弃，以明旦之时始去，遂渡江湘之水。言明旦者，纪时明，刺君不明也。』

江：指长江。

湘：指湘江。

乘：登上。

鄂渚（zhǔ主）：地名，在今湖北武昌。

反顾：回头眺望。

欸（ǎi矮）：感叹。王逸《楚辞章句》考辨说：『欸，叹也。』

绪风：余风。指初春时节冬天的余寒未尽，使人感到凄凉。王逸《楚辞章句》分析说：『言己登鄂渚高岸，还望楚国，向秋冬北风愁而长叹，心中忧思也。』《文选》五臣注：『秋冬之风，摇落万物，比之谗佞，是以叹焉。』

邸：通『抵』，抵达，停止的意思。

方林：树林中。方，周围的意思。王逸《楚辞章句》分析说：『方林，地名。言我马强壮，行于山皋，无所驱驰；我车坚牢，舍于方林，无所载任也。以言己才德方壮，诚可任用，弃在山野，亦无所施也。邸，一作低。』

山皋：山湾。

步：徐行。

舲（líng灵）船：有篷窗的小船。

上沅：溯沅水而上。

齐：同时举起。

吴榜：大桨。

汰（tài太）：水波。王逸《楚辞章句》分析说：『吴榜，船棹也。汰，水波也。言己始去乘窗舲之船，西上沅、湘之水，士卒齐举大棹而击水波，自伤去朝堂之上，而入湖泽之中也。或曰：齐悲歌，言愁思也。』

容与：船前进困难的意思。

淹：停留。

回水：指漩涡。

疑滞：停滞不前。疑，通「凝」。滞，留。王逸《楚辞章句》分析说：「言士众虽同力引棹，船犹不进，随水回流，使己疑惑有还意也。疑，一作凝。」《文选》五臣考辨说：「容与，徐动貌。淹，留也。疑滞者，恋楚国也。」

枉渚：地名，今湖南溆浦。

辰阳，亦地名也。王逸《楚辞章句》分析说：「辰阳，亦地名也。言己乃从枉陼，宿辰阳，自伤去国日已远也。或曰：枉，曲也。陼，沚也。辰，时也。阳，明也。言己将去枉曲之俗，而趋时明之乡也。」

苟：诚。

僻：偏僻。王逸《楚辞章句》分析说：「僻，左也。言我惟行正直之心，虽在远僻之域，犹有善称，无害疾也。故《论语》曰：子欲居九夷也。僻，一作辟。」《文选》五臣考辨说：「原自解之词。」

溆浦：水名。

儃佪（chán huí 谗回）：徘徊不前。《文选》五臣考辨说：「溆亦浦类。邅，转。回，旋也。」

迷：内心迷茫。

所如：该去何方。如，之。王逸《楚辞章句》分析说：「迷，惑也。如，之也。言己思念楚国，虽循江水涯，意犹迷惑，不知所之也。一本「吾」下有「之」字。」

深林：深山密林。

杳：幽暗。

冥冥：阴森晦暗的样子。王逸《楚辞章句》考辨说：「山林草木茂盛。一云：杳杳以冥冥。杳，一作晦。冥冥，一作冥寞。」《文选》五臣考辨说：「冥冥暗貌。」

狖（yòu 又）：长尾猿。猿狖，泛指猿猴。《文选》五臣考辨说：「猿狖，轻捷之兽。喻国之昏乱，邪巧生焉，非贤智所能处也。」

纷：很多、很大的意思。

霏霏：形容阴云密布。

承宇：弥漫天空。王逸《楚辞章句》考辨说：「室屋沈没，与天连也。或曰：日以喻君，山以喻臣，霰雪以兴残贼，云以象佞人。山峻高以蔽日者，谓臣蔽君明也。下幽晦以多雨者，群下专擅施恩惠也。霰雪纷其无垠者，残贼之政害仁贤也。云霏霏而承宇者，佞人并进满朝廷也。」

幽独处：幽居独处。

固：本来，这里是宁肯的意思。

终穷：穷困终身。

接舆髡首兮，桑扈臝行。
忠不必用兮，贤不必以。
伍子逢殃兮，比干菹醢。
与前世而皆然兮，吾又何怨乎今之人！
余将董道而不豫兮，固将重昏而终身。

注释

接舆：人名。春秋时楚国的隐士，时称「狂者」。

髡（kūn困）：剃发。髡首，剃掉头发。古代的一种刑罚。

桑扈：人名，古代的隐士。

臝（luǒ裸）：裸体而行。本句的意思是愤世裸体而行。臝，同「裸」。不必用：不一定被重用。王逸《楚辞章句》分析说：「接舆，楚狂接舆也。髡，剔也。首，头也。自刑身体，避世不仕也。桑扈，隐士也。去衣裸裎，效夷狄也。言屈原自伤不容于世，引此隐者以自慰也。臝，一作裸。」洪兴祖《楚辞补注》指出：「《论语》曰：楚狂接舆，歌而过孔子。《扬子》曰：狂接舆之被其发也。《庄子》曰：嗟来桑户乎。」

以：用的意思。

伍子：即伍员（yún云），伍子胥。楚国人，为父报仇投吴，任大夫，后因直谏，被吴王夫差所杀。王逸《楚辞章句》分析说：「伍子，伍子胥也。为吴王夫差臣，谏令伐越，夫差不听，遂赐剑而自杀。后越竟灭吴，故言逢殃。」

比干：纣王之父。

菹醢（zū hǎi卒海）：把人剁成肉酱，古代的一种酷刑。菹，切碎。醢，剁成肉酱。王逸《楚辞章句》分析说：「比干，纣之诸父也。纣惑妲己，作糟丘酒池，长夜之饮，断斫朝涉，刳剔孕妇。比干正谏，纣怒曰：吾闻圣人心有七孔。于是乃杀比干，剖其心而观之，故言菹醢也。一云：比干，纣之庶兄。」

与前世：自古以来。王逸《楚辞章句》分析说：「谓行忠直，而遇患害，如比干、子胥者多也。」

怨乎今之人：埋怨当今的君王。王逸《楚辞章句》考辨说：「自古有迷乱之君，若纣、夫差，不用忠信，灭国亡身，当何为复怨今之君乎？」《文选》五臣考辨说：「此自抑之词。」

董道：坚持正道。董，正。这里是持正的意思。

豫：犹豫。王逸《楚辞章句》指出：「董，正也。豫，犹豫也。言己虽见先贤执忠被害，犹正身直行，不犹豫而狐疑也。」

重昏：即昏暗。本句的意思是说宁愿终身不再被重用。昏，乱。王逸《楚辞章句》分析说：「昏，乱也。言己不逢明君，思虑交错，心将重乱，以终年命。」

乱曰：鸾鸟凤皇，日以远兮。
燕雀乌鹊，巢堂坛兮。
露申辛夷，死林薄兮。
腥臊并御，芳不得薄兮。
阴阳易位，时不当兮。

怀信侘傺，忽乎吾将行兮。

注释

乱：古代乐歌中的「尾声」。

鸾：传说中凤凰一类的鸟。

皇：即「凰」。本句的意思是说高贵的鸾鸟和凤凰。比喻忠臣贤士。王逸《楚辞章句》考辨说：「鸾、凤，俊鸟也。」

日以：一天比一天。

远：越飞越远。王逸《楚辞章句》分析说：「有圣君则来，无德则去，以兴贤臣难进易退也。」

燕雀乌鹊：平凡普通的小鸟。比喻无能小人。王逸《楚辞章句》指出：「燕雀乌鹊，多口妄鸣，以喻谗佞。言楚王愚暗，不亲仁贤，而近谗佞也。」

堂坛：代指朝廷。

露申、辛夷：均为香草名，比喻清廉之士。露，暴。申，重。

死林薄：枯死在林间。王逸《楚辞章句》考辨说：「露，暴也。申，重也。从木曰林。草木交错曰薄。言重积辛夷露而暴之，使死于林薄之中，犹言取贤明君子，弃之山野，使之颠坠也。」

臊腥：又腥又臊。比喻谗佞小人。

并御：一齐进用。御，用。

薄：靠近、近前。王逸《楚辞章句》指出：「薄，附也。言不识味者，并甘臭恶。不知人者，信任谗佞。故忠信之士，不得附近而放逐也。」

阴：臣。

阳：君。

时不当：生不逢时。王逸《楚辞章句》分析说：「言楚王惑蔽群佞，权臣将代君，与之易位。自伤不遇明时，而当暗世。」

忽：飘忽。形容心里没有着落的样子。

行：远走他乡。王逸《楚辞章句》分析说：「言己怀忠信，不合于众，故怅然伫立，忽忘居止，将遂远行之它方也。」

译文

我自幼就喜好奇丽的衣服，
到老这一喜好也不曾改变。
腰中佩戴着长长的宝剑啊，
头上戴着高高的帽子。
披上夜明珠啊戴上宝玉。
时世黑暗没有人了解我啊，
我要远走高飞不再回头。
用青龙和白龙驾马车啊，
我要和虞舜一起游览如玉的花园。
登上昆仑山啊以玉树花朵为食，
我的寿命之长如天地啊，

我的光辉之亮可比日月。
可叹这南夷之地没有人能了解我啊，
清晨我就要渡过长江和湘江。
我到了鄂渚这个地方回头眺望啊，
可叹秋冬的余风让人倍感凄凉。
让我的马在山坡上慢行啊，
把我的车停放在方林之中。
登上有篷的船我要逆沅水而行，
船夫一齐划桨撞击着波浪。
船迟迟难以前进，
在湍急的水流中迂回漂荡。
早晨我从枉渚出发，
晚上就停宿在辰阳那个地方。
只要我内心正直啊，
处在偏远的地方又有何妨。
到了溆浦我犹豫徘徊啊，

心中困惑不知该去向何方。
山林幽深晦暗啊，
那是猿猴居住的地方。
山高险峻啊遮住了太阳，
使得山下阴暗经常下雨。
大雪纷飞漫无边际啊，
感叹我的生命没有任何欢乐啊，
我不能改变心志随大流啊，
孤独地住在深山之中。
宁愿忍受忧愁终身不得志之苦。
接舆装疯把头发剃光啊，
桑扈愤世裸体出行。
忠诚之人不能被任用啊，
贤良之人不能被举荐。
伍子胥忠心直谏遭到祸殃啊，
比干一片忠心遇到剜心之刑。

自古以来都是这样，
我又何必怨恨今天的君王。
我想坚持正道不彷徨啊，
当然难免终生身处逆境。
尾声：鸾鸟和凤凰，
一天天离得越来越远。
燕雀和乌鸦在堂前筑巢。
露申和辛夷等香草枯死在林中啊。
腥臊恶臭受到恩宠，
芬芳袭人的东西不能靠近。
阴阳颠倒，
生不逢时啊。
我满怀忠信之情失意惆怅，

悲回风

悲回风之摇蕙兮，心冤结而内伤。
物有微而陨性兮，声有隐而先倡。
夫何彭咸之造思兮，暨志介而不忘！
万变其情岂可盖兮，孰虚伪之可长！
鸟兽鸣以号群兮，草苴比而不芳。
鱼葺鳞以自别兮，蛟龙隐其文章。
故荼荠不同亩兮，兰茝幽而独芳。

注释

悲回风：《九章》中的一篇。悲，可怜。回风：旋风。

摇蕙：摧残香草。

内伤：内心伤痛。王逸《楚辞章句》考辨说：『言飘风动摇芳草，使不得安。以言谗人亦别离忠直，使故已见之，中心冤结，而伤痛也。冤，一作宛。』

有微：虽然微小。

陨性：陨生。损害生命。陨，落。王逸《楚辞章句》分析说：『言芳草为物，其性微眇，易以陨落。以言贤者用亦易伤害也。』

声：声音。

有隐：细弱。

先倡：传播很快。先，这里是快的意思。倡，传播。王逸《楚辞章句》分析说：『言逸人之言，隐匿其声，先倡导君，使惑乱也。』

造思：思念。

暨：以及。这里作『其』解。

志介：志气节操。王逸《楚辞章句》考辨说：『《尚书》曰：让于稷契，暨皋陶。介，节也。言已见逸人倡君为恶，则思念古世彭咸，欲与齐志节，而不能忘也。』

盖：掩盖，掩饰的意思。盖，覆。王逸《楚辞章句》指出：『言逸人长于巧诈，情意万变，转易其辞，前后反复，如明君察之，则知其态也。一云万变情岂其可盖兮。』

可长：可以长久。王逸《楚辞章句》指出：『言逸人虚造人过，其行邪伪，不可久长，必遇祸也。』

号群：呼号群集。号，呼。

草：香草。

苴（jū居）：枯草。

比：挨在一起、堆放在一起。

不芳：失去芬芳。王逸《楚辞章句》分析说：『言飞鸟走兽，群鸣相呼，则芳草合其茎叶，芬芳以不畅也。以言逸口众多，盈君之耳，亦令忠直之士失其本志也。』

葺（qì气）：一层层的意思。王逸《楚辞章句》指出：『葺，累也。』

自别：互相区别。引申为互相炫耀。

文章：指美丽的龙鳞。文，同『纹』。王逸《楚辞章句》考辨说：『蛟龙隐其文章。言众鱼张其鬐尾，葺累其鳞，则蛟龙隐其文章而避之也。言俗人朋党恣其口舌，则贤者亦伏匿而深藏也。』

荼（tú图）：苦菜。

荠（jì既）：即荠菜，味香甜，生嫩可食，成熟后可作药用。

同亩：种在一起。王逸《楚辞章句》分析说：『二百四十步为亩。言枯草荼荠，不同亩而俱生。以言忠佞亦不同朝而俱用也。荠，一作若。若，一作苦。』

幽：生长在幽僻处。王逸《楚辞章句》指出：『以言贤人虽居深山，不失其忠正之行。』

惟佳人之永都兮，更统世而自贶。

眇远志之所及兮，怜浮云之相羊。

介眇志之所惑兮，窃赋诗之所明。

惟佳人之独怀兮，折若椒以自处。

曾歔欷之嗟嗟兮，独隐伏而思虑。

涕泣交而凄凄兮，思不眠以至曙。

终长夜之曼曼兮，掩此哀而不去。
寤从容以周流兮，聊逍遥以自恃。
伤太息之愍怜兮，气于邑而不可止。
纠思心以为纕兮，编愁苦以为膺。
折若木以蔽光兮，随飘风之所仍。
存髣髴而不见兮，心踊跃其若汤。
抚珮衽以案志兮，超惘惘而遂行。
岁曶曶其若颓兮，时亦冉冉而将至。
薠蘅槁而节离兮，芳以歇而不比。
怜思心之不可惩兮，证此言之不可聊。
宁逝死而流亡兮，不忍为此之常愁。
孤子唫而抆泪兮，放子出而不还。
孰能思而不隐兮，照彭咸之所闻。

注释

佳人：美人。这里指楚王。王逸《楚辞章句》考辨说：「佳人，谓怀、襄王也。」

永都：长居国都。永，久、长的意思。王逸《楚辞章句》指出：「邑有先君之庙曰都也。」

更：代。

贶（kuàng 况）：赠、赐。本句的意思是说世代相传，一统楚国。王逸《楚辞章句》分析说：「贶，与也。言己念怀王长居郢都，世统其位，父子相举，今不任贤，亦将危殆矣。」

眇（miǎo 秒）远志：细想我的大志。眇，审视。

所及：所要实现的。王逸《楚辞章句》分析说：「言己常眇然高志，执行忠直，冀上及先贤也。」

怜浮云：可怜的像浮云。

相羊：飘荡无依的样子。王逸《楚辞章句》指出：「言己放弃，若浮云之气，东西无所据依也。」

介：节。

所惑：所迷惑。王逸《楚辞章句》分析说：「言己能守耿介之眇节，以自惑误，不用于世也。」

窃：我。自谦词。

赋：铺。

诗：志。

所明：表白。王逸《楚辞章句》分析说：「言己守高眇之节不用于世，则铺陈其志以自证明也。」

独怀：一直怀念。指怀念楚怀王。怀，思。

若椒：香草。

自处：自用。处，居。以自处若椒比喻自己不断加强德才修养。王逸《楚辞章句》指出：「处，居也。言己独念怀王，虽见放逐，犹折香草，以自修饰行善，终不怠也。若，一作芳。」

曾：同『增』，一次次的意思。

歔欷（xū xī 须西）：抽泣的样子。

嗟：叹息。

伏：居。王逸《楚辞章句》说：『言己思念怀王，悲啼歔欷，虽独隐伏，犹思道德，欲辅助之也。伏，一作居。』

而不去：言心中的悲哀无法排除。

寤（wù 物）：睡醒。王逸《楚辞章句》认为：『觉立徙倚而步行也。』

自恃：自我安慰、自我满足。王逸《楚辞章句》分析说：『且徐游戏，内自娱也。』

邑：城市。这里指心胸。本句是满腔愤懑的意思。王逸《楚辞章句》指出：『气逆愤懑，结不下也。』

纠：搓扭。

思心：思绪，指忧虑。

纕（xiāng 相）：佩戴。

膺（yīng 应）：胸，这里指胸前饰物。本句的意思是说把愁苦编织成背带。

光：日光。

飘风：大风。

所仍：任凭其所为。王逸《楚辞章句》分析说：『仍，因也。言己愿折若木以蔽日，使之稽留，因随群小而游戏也。』《说文》云：『因，就也。』指随着飘风之所引而四处行走，不再把小人的迫害当回事了。

存：指周围存在的事物。

髣髴：好像……的样子。髣，『仿』的异体字。髴，同『佛』（fú 服）。

踊跃：急跳。

若汤：如沸水翻腾。王逸《楚辞章句》指出：『言己设欲随从群小，存其形貌，察其情志，不可得知，故中心沸热若汤也。』

珮衽：佩玉的衣襟。衽，衣襟。

案志：压抑内心的激情。案，同『按』。王逸《楚辞章句》指出：『整饬衣裳，自宽慰也。』

超惘惘（wǎng 往）：失意而精神恍惚的样子。王逸《楚辞章句》分析说：『失志惶遽，而直逝也。』

岁：一年。

曶曶：很快的意思。

若颓：将要过去。颓，下落。王逸《楚辞章句》分析说：『年岁转去而流没也。』

时：时运。指一生。

冉冉：慢慢地。

将至：将走到尽头。王逸《楚辞章句》认为：『春秋更到，与老会也。』

薠（fán 凡）、蘅：均为香草。

槁（gǎo 搞）：枯萎。

节离：枝节断落，枝叶凋零。王逸《楚辞章句》分析说：「喻已年衰，齿随落也。」

歇：消散。

不比：指花落香散。比，聚合的意思，意为花存，香也存，花落香也散。王逸《楚辞章句》分析说：「志意已尽，知虑阙也。」

怜思心：可怜我的一片痴心。

不可惩：无法改变。王逸《楚辞章句》指出：「履信被害，志不懲也。」

证：证明。

不可聊：无聊、多余的话。王逸《楚辞章句》说：「明已之谋不空设也。」

常愁：常此忧虑。王逸《楚辞章句》考辨说：「心情悁悁，常如愁也。一云：此心之常愁。」

唫：同「吟」，呻吟。

孤子：我就像一个孤儿一样。

抆（wěn问）：擦干、揩干。王逸《楚辞章句》指出：「自哀茕独，心悲愁也。」

放子：被弃逐的儿子。

不还：无家可归。王逸《楚辞章句》分析说：「远离父母，无依归也。屈原伤已无安乐之志，而有孤放之悲也。」

不隐：不感到内心痛苦。王逸《楚辞章句》认为：「谁有悲哀而不忧也。」

照：明、知。本句的意思是说真想知道彭咸遇到这种情况是如何处理的。王逸《楚辞章句》说：「睹见先贤之法则也。」

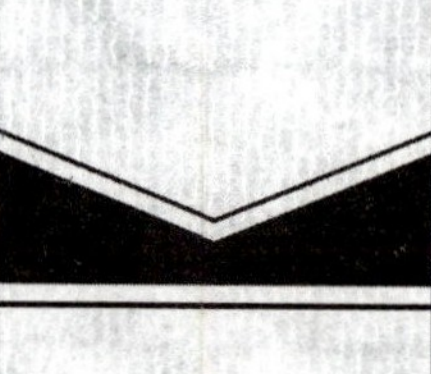

登石峦以远望兮，路眇眇之默默。
入景响之无应兮，闻省想而不可得。
愁郁郁之无快兮，居戚戚而不可解。
心鞿羁而不形兮，气缭转而自缔。
穆眇眇之无垠兮，莽芒芒之无仪。
声有隐而相感兮，物有纯而不可为。
藐蔓蔓之不可量兮，缥绵绵之不可纡。
愁悄悄之常悲兮，翩冥冥之不可娱。
凌大波而流风兮，托彭咸之所居。

注释

峦：高山。王逸《楚辞章句》指出：「彼高山，瞰楚国也。」

眇眇：渺茫。眇，同「渺」。

默默：寂静凄凉的意思。王逸《楚辞章句》分析说：「郢道辽远，居僻陋也。」

入：进入。

景：同「影」。

响：响声。本句的意思是说无影无响的虚无境界。王逸《楚辞章句》分析说：「窜在山野，无人域也。」

闻省想：意为不见上句所说的虚无境界。王逸《楚辞章句》分析说：「目视耳听，叹寂默也。」

居戚戚：心中的悲哀。居，心中。王逸《楚辞章句》指出：『思念憔悴，相连接也。』

心：思想。

鞿羁：控制马的缰绳和笼头。这里指思想受约束。

形：舒展。王逸《楚辞章句》分析说：『肝胆系结，难解释也。』

缭转：忧闷。

自缔：郁结。王逸《楚辞章句》指出：『思念紧卷而成结也。』

穆眇眇：宇宙多么渺茫。穆，空、肃。王逸《楚辞章句》分析说：『天与地合，无垠形也。』

莽芒芒：指天地空广。

无仪：无以伦比。王逸《楚辞章句》分析说：『草木弥望，容貌盛也。』

有隐：听不见。

相感：可以感觉到。王逸《楚辞章句》分析说：『鹤鸣九皋，闻于天也。』

有纯：无形、看不见。

不可为：不能造出。王逸《楚辞章句》分析说：『松柏冬生，禀气纯也。』

邈蔓蔓：道路遥远漫长。王逸《楚辞章句》分析说：『八极道理，难算计也。』

缥：缥缈。

绵绵：形容忧思愁怅。

纡（yū于）：弯曲、曲折。这里是切断的意思。王逸《楚辞章句》分析说：『细微之思难断绝也。』

翩冥冥：指神魂出窍翩飞。

娱：心情舒畅。王逸《楚辞章句》分析说：『身处幽冥，心不乐也。』

凌：乘。

流风：随风。王逸《楚辞章句》指出：『意欲随水而自退也。』

托：去。王逸《楚辞章句》分析说：『从古贤俊，自沉没也。』

上高岩之峭岸兮，处雌蜺之标颠。

据青冥而摅虹兮，遂倏忽而扪天。

吸湛露之浮凉兮，漱凝霜之雰雰。

依风穴以自息兮，忽倾寤以婵媛。

冯崑崙以瞰雾兮，隐岐山以清江。

惮涌湍之磕磕兮，听波声之汹汹。

纷容容之无经兮，罔芒芒之无纪。

轧洋洋之无从兮，驰委移之焉止。

漂翻翻其上下兮，翼遥遥其左右。

氾潏潏其前后兮，伴张弛之信期。
观炎气之相仍兮，窥烟液之所积。
悲霜雪之俱下兮，听潮水之相击。
借光景以往来兮，施黄棘之枉策。
求介子之所存兮，见伯夷之放迹。
心调度而弗去兮，刻著志之无适。

注释

上：登上。

高岩：高山。

峭岸：峻峭的山巅。王逸《楚辞章句》指出：「升彼山古之峻峭也。」

处：站在。

雌蜺（ní尼）：彩虹。古人把虹分为内外两层，内层颜色鲜明为虹，为雄；外层颜色阴暗为蜺，为雌。蜺，同「霓」。

标颠：顶点。王逸《楚辞章句》分析说：「托乘风气，游天际也。」

据：占据。

青冥：青天。

摅（shū疏）虹：舒展长虹。摅，奔腾、舒展的意思。王逸《楚辞章句》分析说：「上至玄冥，舒光耀也。」

倏忽：我很快。

扪天：伸手抚摸着天。王逸《楚辞章句》分析说：「所至高眇，不可逮也。」

湛露：甘露。湛，厚。《诗经》曰：「湛湛露斯。」

浮凉：凉爽。

漱凝霜：用霜雪漱口。

雰雰：形容雪很大的样子。王逸《楚辞章句》分析说：「氛氛，霜貌也。言己虽升青冥，犹能食霜露之精，以自洁也。」

风穴：神话传说中飘风居住的地方。王逸《楚辞章句》分析说：「伏听天命之缓急也。」

倾寤：突然醒来。

婵媛：哀泣不止的样子。王逸《楚辞章句》分析说：「心觉自伤，又痛恻也。」

冯：同「凭」。登上。

隐岷山：站在岷山中。隐，伏。山，江所出。人在山中故说隐。

以清江：眺望清澈的长江。王逸《楚辞章句》考辨说：「《尚书》曰：岷山导江。言己虽远游戏，犹依神山而止，欲清澄邪恶者也。」

惮（dàn但）：心惊。

涌湍（tuān团）：云雾翻涌的样子。王逸《楚辞章句》分析说：「涌湍，危阻也，以兴谗贼危害贤人也。」

磕磕（kāi开）：水石撞击的声音。王逸《楚辞章句》指出：「水得风而波，以喻俗人言也。已欲澄清邪恶，复为谗人所危，俗人所谤讪也。」

纷容容：内心烦乱。

无经：不知经纬。即不知身处何地。王逸《楚辞章句》分析说：「言己欲随众容容，则无经纬于世人也。」

罔：同「惘」，怅惘。

芒芒：同「茫茫」。

轧：倾压。指波涛后浪推前浪。

洋洋：水大的样子。

无从：不知何故。王逸《楚辞章句》分析说：「言欲轧沕己心，仿佯立功，则其道无从至也。」

驰：奔腾。

委移：同「逶迤」，水流曲折回旋的样子。王逸《楚辞章句》分析说：「虽欲长驱，无所及也。」

漂翻翻：指波浪翻腾起伏。

翼遥遥：指像鸟翼一样左右扇动的波浪。遥，同「摇」。

潏潏（yù玉）：水涌的样子。王逸《楚辞章句》分析说：「思如流水，游楚国也。」

伴：依照。

张弛：指潮汐的涨落。

信期：一定的时间。王逸《楚辞章句》分析说：「言己思君念国，而众人俱共毁己，言内无诚信，不可与期也。」

炎气：地面蒸发的热气。

相仍：不断。

窥：看见。

烟：云。

液：雨。

积：凝聚。王逸《楚辞章句》指出：「炎气，南方火也。火气烟上天为云，云出凑液而为雨也。相仍者，相从也。烟液所积者，所聚也。」

光景：时光。

往来：往来于天地间。

施：用。

黄棘：黄荆，灌木名。

枉策：弯曲的马鞭。王逸《楚辞章句》分析说：「言己愿借神光电景，飞注征来，施黄棘之刺，以为马策，言其利用急疾也。」洪兴祖《楚辞补注》指出：「言己所以假延日月，往来天地之间，无以自处者，以其君施黄棘之枉策故也。初，怀王二十五年入与秦昭王盟约于黄棘，其后为秦所欺，卒客死于秦。今顷襄信任奸回，将至七国，是复施行黄棘之枉策也。黄棘，地名。」

求：寻找。

介子：指介子推。

所存：所在的地方。

见：寻找的意思。

伯夷：叔齐兄也。

放迹：遗迹。放，远。迹，行。一云：放，放逐也。

调度：思量。

刻：刻意。

著志：立志。

无适：不再改变。王逸《楚辞章句》分析说：「无适，言己思慕子推、伯夷清白之行，克心遵乐，志无所复适也。」

曰：吾怨往昔之所冀兮，悼来者之悐悐。

浮江、淮而入海兮，从子胥而自适。

望大河之洲渚兮，悲申徒之抗迹。

骤谏君而不听兮，重任石之何益！

心絓结而不解兮，思蹇产而不释。

注释

冀：希望。这里指希望落空。王逸《楚辞章句》指出：「言己怨往古以邪事君，而幸蒙富贵也。」

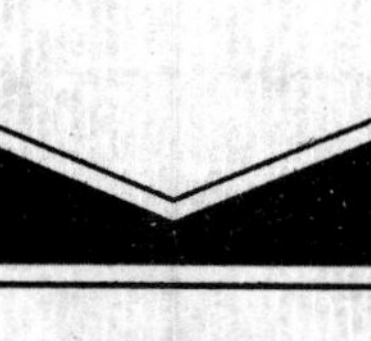

悼：悼念。这里指想到的意思。

来者：以后的事。

悐悐（tì替）：使人忧惧。悐，同「惕」。王逸《楚辞章句》分析说：「言伤今世人见利，悐悐然，欲竞之也。」

浮：漂流。

江、淮：长江、淮河。

从：追随。子胥：伍子胥。

自适：顺从自己的心意。适，之。

大河：黄河。

洲渚：沙洲。

申徒：人名，即申徒狄，殷朝贤臣。因谏纣不听，负石沉河而死。

抗迹：高尚的行为。抗，同「亢」，高的意思。王逸《楚辞章句》分析说：「遇暗君遁世离俗，自拥石赴河，故言抗迹也。」

骤：多次。

任重石：抱重石。任，负。即上文所提到的申徒负石自沉于河。王逸《楚辞章句》考辨说：「百二十斤为石。言已数谏君而不见听，虽欲自任以重石，终无益于万分也。」

絓（guà挂）结：牵挂。絓，同「挂」。

思蹇产：心中的忧思郁结。

不释：难去。王逸《楚辞章句》分析说：『言己乘水蹈波，乃愁而恐惧，则心悬结，诘屈而不可解。』闻一多《楚辞校补》指出：『陆侃如氏云：二句本《哀郢》文，后人误加于此。依章句例，凡已注者皆不再注。本篇若原有此二句，则《注》当云「皆已解于《哀郢》中」。今则逐字加《注》，且与《哀郢》《注》同，可证此文及《注》皆自《哀郢》移此。』可备一说。

译文

悲伤旋风摇落蕙花啊，
我的心头积冤而遭受深深的伤痛。
微弱的东西容易丧失性命，
隐约的声音容易抢先猖狂。
那为什么会有追怀彭咸的想法啊？
我希望像他那样志节坚定不改变自己。
小人的情态易变难道可以长久掩盖？
鸟兽啼嚎是用来呼唤同伴啊，
香草和臭草在一起就不再芳香。
哪一个弄虚作假的可以久长？
鱼儿修整鳞片显示自己与众不同啊，

蛟龙却把身上的花纹隐藏。
因此苦菜和荠菜不能种在同一亩土地上。
泽兰和白芷在幽僻处也傲然散发芳香。
只有我这样的好儿郎才会永久美好啊，
虽经数代依然高洁芳香。
远大的志向是我的追求啊，
可怜我今日却像浮云一样飘荡。
我坚定的志向都被人怀疑啊，
只好私下赋诗表明心迹。
只有我这样的好儿郎胸怀与众不同啊，
我折下杜若、花椒与他们共处。
我经常感伤流泪啊，
独自隐藏起来却思虑不已。
我的泪流不断心中凄怆啊，
在不眠之夜沉思直到天亮。
漫漫长夜且告一段落啊，

我想掩饰心中的悲痛却不曾做到。
从床上起来后，我绕室徘徊游荡，
权且散散步来排解内心忧伤。
可怜我长叹不止啊，
胸中郁闷着终止不了悲伤。
结着思虑当佩饰啊，
编着愁苦当背心。
折下若木来遮光啊，
随着飘风四处行。
原有的东西仿佛不见了啊，
我的心跳得像滚开的汤。
我按住玉佩衣衩来安神啊，
非常怅惘独自前行。
一年时光飞逝好像快完结了啊，
我生命的大限即将到来。
白芷、杜衡一枯萎茎叶就会脱落啊，

这些香草花已凋谢香味不再。
可怜我的痴心无法改变啊，
证明这些话都是多余之言。
我宁愿死去顺水而流啊，
也不忍受这些谗言的常常伤害。
我这孤儿悲吟着擦干泪水啊，
我这弃子被放逐了终不能返回。
有谁想到这些不伤痛啊，
我愿效法彭咸的做法。
我爬上石山远望啊，
前面的路渺茫而又凄凉。
我走进了无影无声的境地啊，
要听要看要想都已不可能。
我的愁苦郁结不能排解啊，
我只好安居戚戚，不让自己松懈。
心束缚了就解不开啊，

气郁结了就自己结舌。

旋风呼呼刮得无边无际啊，

在茫茫大地却找不到它的身影。

小人隐约之声竟能相互感应啊，

纯正的东西反而不能有所作为。

旋风吹得远漫漫无法估量啊，

它细绵绵吹过无法缠住。

我忧心凄怆常自悲伤啊，

魂魄冥冥高飞难以舒畅。

乘着浪涛顺着大风啊，

我把自己寄托在彭咸的归宿之地。

登上高岩的峭壁啊，

仿佛置身于彩虹之巅。

在蔚蓝的高空挥舞着彩虹啊，

忽然我抓触到了青天。

我饮着朝露啊，

吸着凝霜的点点滴滴。

我依傍着风穴暂且休息啊，

忽然惊醒又忧思相牵。

我背靠昆仑来俯瞰云雾啊，

伏在岷山之上来眺望长江。

汹涌的急流令人害怕啊，

涛声阵阵使人紧张。

江面宽阔没有边际啊，

我心中迷茫没有头绪。

洋洋洒洒的水波从何而来啊，

它一路奔腾要去往何处。

波涛上下翻滚飘荡在江面啊，

江面上的两只轻舟摇荡着或左或右。

江水泛滥前后涌流啊，

潮涨潮落总有一定汛期。

我看到夏日炎炎热浪滚滚在人间相互激荡啊，

我看到秋日烟云堆积得一层又一层。
我哀叹秋霜冬雪的无情降落啊，
我倾听潮水轰鸣相互撞击。
借着日光月影来来往往啊，
我用黄棘做成马鞭。
我访求介子推的遗迹啊，
去看看伯夷放逐的地方。
心中主意已定就不能放弃啊，
我铭记着志向更不会遗忘。
尾声：
我怨恨从前有所希望啊，
又忧患将来有更大的祸患。
我要顺着长江和淮水进入东海啊，
去追随伍子胥适意的去向。
望着那大河里的绿洲啊，
我悲哀忠臣申徒狄的崇高。

屡次谏言君王不听啊，
抱石投江怎能说不是好事。
心中的郁结不能解开啊，
思想的疙瘩又怎能消释。

评点 王逸《楚辞章句》分析说：『回风为飘，飘风回邪，以兴谗人。』又说：『此章言小人之盛，君子所忧，故托游天地之闲，以泄愤懑，终沈汨罗，从子胥、申徒，以毕其志也。』这首诗前贤和时贤多有误解，对屈原为什么总是泪水洗面和长夜难眠无法理解，猜测为患有严重失眠症和精神分裂症。殊不知此诗作于迁居南楚后期，楚国上层腐败，国力日益衰落，而秦国军队侵犯楚国却屡屡得手，楚国危在旦夕，作者忧国忧民之心日益强烈，所以才会有『涕泣交而凄凄兮，思不眠以至曙。终长夜之曼曼兮，掩此哀而不去』的悲愤诗句问世。『此哀』是哀国家之衰，为国家前途担忧啊。我国现代著名诗人艾青在抗日战争时期就写出了这样的名句：『为什么我的眼里常含着泪水？因为我对这片土地爱得深沉！』这正与屈原《悲回风》表达了同一心曲，正所谓忧国之心古今相通也。